Pour sauver la planète, sortez du capitalisme

Du même auteur

L'oligarchie, ça suffit, vive la démocratie
Éditions du Seuil, 2011

Comment les riches détruisent la planète
Éditions du Seuil, 2007
et « Points Essais », n° 611, 2009

Gaza
La vie en cage
(photographies de Jérôme Equer)
Éditions du Seuil, 2005

La Guerre secrète des OGM
Éditions du Seuil, 2003
et « Points Sciences », n° 177, 2007

La Révolution biolithique
Humains artificiels et machines animées
Albin Michel, 1998

La Baleine qui cache la forêt
Enquête sur les pièges de l'écologie
La Découverte, 1994

L'Économie à l'épreuve de l'écologie
Hatier, 1991

Hervé Kempf

Pour sauver la planète, sortez du capitalisme

Éditions du Seuil

ISBN 978-2-7578-2475-7
(ISBN 978-2-02-097588-9, 1re publication)

Mon père est né en 1920. Génération écrasée. Son enfance fut baignée du souvenir taraudant de la blessure sanglante de 14-18, de ses massacres, des souffrances du continent, d'un héroïsme presque vain et si lourd à porter. Après que la crise de 1929 eut assommé les économies, son adolescence a vu s'évanouir la prospérité et la vie légère qui s'étaient dessinées. Les tambours de la guerre recommencèrent à battre, annonçant la prochaine boucherie. Le retour du canon vola la jeunesse de ce temps, la jetant dans la peur, la misère, le combat, la tristesse de l'oppression, la confrontant au visage glacé de l'inhumanité.

On ne peut comprendre le problème à résoudre en ce début de troisième millénaire si l'on oublie la jeunesse gâchée des jeunes hommes et femmes de cette génération, dans les pays d'Occident, de Russie et du Japon, et l'ardeur qui les a portés quand est venu ce qu'on a appelé en France la « Libération », et qui en a bien été une pour le monde entier. Enfin, le vertige de la guerre semblait conjuré, on allait pouvoir vivre, aimer, travailler, sans que l'horizon fût voilé par les nuages noirs du destin. Il était bleu, comme l'infini. Et ce fut ce qu'un économiste enthousiaste et chaleureux dénomma les « trente glorieuses » : trois décennies marquées par une expansion de la richesse matérielle sans précédent dans l'histoire.

Je suis né en 1957. Génération comblée. Même quand ça allait durement, ça allait bien. On passait de merveille en merveille, dans un monde encore imprégné d'une douceur campagnarde qui se faisait sentir jusqu'au cœur des villes, mais découvrant le réfrigérateur, la machine à laver, la voiture de Papa, la télévision – en couleurs, s'il vous plaît ! –, les gadgets de toutes sortes. Et puis, tout autant, une excitation générale et drôle animait une politique passionnée, une musique toujours plus inventive faisait croire qu'on allait changer le monde, la pilule contraceptive ouvrait des portes interdites. Même la menace soviétique, l'idée d'une guerre nucléaire totale, ajoutaient à l'euphorie ambiante une note d'anxiété qui l'électrisait.

Mais cette génération a grandi comme si son enfance devait durer toujours, et a pris pour certain ce qui était un moment de l'histoire. Ainsi avons-nous continué à produire, travailler, consommer sans voir que nos joyeux lumignons perdaient de leurs couleurs, que nos ambitions s'étiolaient et que notre candeur juvénile se transformait en égoïsme sinistre. Nous avons accumulé une invraisemblable montagne d'avoirs, sans comprendre que notre être s'abîmait.

Mon premier enfant est né en 1984. Génération incertaine. Choyée, entourée, confortable. L'informatique changeait le décor du monde, les vieilles allégeances politiques, religieuses et syndicales étaient rangées au magasin des accessoires, la publicité était promue nouvel art, Reagan refaisait l'Amérique, l'URSS s'effondrait, Clinton faisait sourire la mondialisation, on découvrait le voyage aux quatre coins de la planète et l'histoire était, disait-on, terminée. Gavée de télévision, enfant-roi devenu individu hyper-libre, cette génération pouvait se croire sans soucis. Mais comme le pays des quatre jeudis où échoue Pinocchio, le rêve se révèle une tromperie. Les parents gâteaux sont des matérialistes avides, la riante société du spectacle célèbre la pornographie et le sport mercantile, le mépris affiché pour la politique se dévoile comme l'arme de la domination. Et tous les gadgets, finalement, ne sont pas si drôles.

Surtout, la crise écologique fait rouler ses nuages sombres dans le ciel qui s'obscurcit, et l'économie signale la fin des temps faciles. On leur avait promis la lune, ils découvrent le bourbier.

Mais faut-il se plaindre ? Non. Cette génération doit relever le plus grand défi qu'ait eu à connaître l'histoire humaine : empêcher que la crise écologique, qui est la rencontre de l'espèce avec les limites de la biosphère, s'aggrave et conduise l'humanité au chaos ; sauver la liberté, contre la tentation de l'autorité ; inventer une économie en harmonie avec la planète ; semer les plants de l'avenir pour que les générations prochaines fassent fleurir à leur façon les sociétés du troisième millénaire. Ce n'est pas la fin de l'histoire, c'est le début d'une nouvelle histoire. Tâche magnifique, impressionnante, incertaine. Votre vie ne sera pas simple. Mais elle sera dense.

Il y a deux ans, j'écrivais : « Nous sommes entrés dans un état de crise écologique durable et planétaire. Elle devrait se traduire par un ébranlement prochain du système économique mondial. » Quelques mois plus tard, à l'été 2007, la crise financière commençait, amorçant une crise économique qui n'est que l'adaptation nécessaire de nos systèmes aux secousses de la biosphère.

Rien ne serait pire que de laisser l'oligarchie, face aux difficultés, recourir aux vieux remèdes, à une relance massive, à la reconstitution de l'ordre antérieur. Le moment est venu de sortir du capitalisme, en plaçant l'urgence écologique et la justice sociale au cœur du projet politique.

Dans *Comment les riches détruisent la planète*, j'ai décrit la crise écologique et montré son articulation avec la situation sociale actuelle, marquée par une extrême inégalité. M'appuyant sur Thorstein Veblen, j'ai montré la pertinence de son analyse de la rivalité ostentatoire pour expliquer les phénomènes de surconsommation à l'œuvre dans nos sociétés, et donc l'impact environnemental considérable de celles-ci. Il n'y aura pas de solution à la crise écologique sans remise en cause de l'ordre social, concluais-je.

On peut résumer notre situation par les sept axiomes que voici :

1. Laisser la crise écologique s'approfondir conduirait la civilisation vers une dégradation continue et importante de ses conditions d'existence.

2. L'hypothèse d'effets de seuil au-delà desquels les systèmes naturels ne pourraient plus retrouver leur équilibre a acquis une grande crédibilité. Pour éviter d'atteindre et de franchir ces seuils, il y a urgence à infléchir et à inverser les tendances actuelles de transformation de la biosphère.

3. Rien ne justifie qu'Africains, Asiatiques ou tout autre membre de la communauté humaine aient individuellement un accès aux ressources biosphériques moindre que ne l'ont Européens, Japonais ou Américains du Nord.

4. Sauf à franchir le seuil d'équilibre de la biosphère, les membres de la communauté humaine ne peuvent accéder tous au niveau actuel d'utilisation des ressources des Européens, Japonais et Américains. Ceux-ci doivent donc réduire leur consommation de ces ressources à un niveau proche d'une moyenne mondiale fortement inférieure à leur niveau actuel.

5. Les sociétés dites développées sont très inégalitaires. L'équité signifie que la réduction de la consommation matérielle doit être proportionnellement bien plus forte pour les

riches que pour les autres. La baisse générale de consommation matérielle sera compensée par une amélioration des services collectifs concourant au bien-être général.

6. La rivalité ostentatoire est au cœur du fonctionnement de la société planétaire. Elle signifie que les coutumes des classes les plus riches définissent le modèle culturel suivi par l'ensemble de la société. La réduction des inégalités, donc la réduction des possibilités de consommation ostentatoire de l'oligarchie, transformera les modèles généraux de comportement.

7. Le défi politique majeur de la période qui s'annonce est d'opérer la transition vers une société plus juste et en équilibre avec son environnement sans que l'oligarchie détruise la démocratie pour maintenir ses privilèges.

Mais comment passer de ce diagnostic à la transformation nécessaire des rapports sociaux ? D'abord en prenant une claire conscience de la nature de l'adversaire. L'oligarchie prospère dans un système économique, le capitalisme, qui a atteint son apogée. Il importe d'en comprendre la singularité par rapport à ses figures antérieures : le capitalisme a changé de régime depuis les années 1980, durant ces trois décennies où une génération a grandi, voyant les inégalités s'envoler, l'économie se criminaliser, la finance s'autonomiser de la production matérielle, et la marchandisation généralisée s'étendre à la terre entière.

Mais une lecture purement économique de ce déroulement historique passerait à côté de l'essentiel. Si le mécanisme culturel de la consommation somptuaire est au cœur de la machine économique actuelle, l'état de la psychologie collective auquel nous sommes parvenus en est le carburant. Dans les trois dernières décennies, le capitalisme a réussi à imposer totalement son modèle individualiste de représentation et de comportement, marginalisant les logiques collectives qui freinaient jusqu'alors son avancée. La difficulté propre à la génération qui a grandi sous cet empire est de devoir réinventer des solidarités, quand le conditionnement social lui répète sans cesse que l'individu est tout. Pour sortir de la mécanique destructrice du capitalisme, il faut prioritairement démonter des archétypes culturels et se défaire du conditionnement psychique.

Le capitalisme cherche à détourner l'attention d'un public de plus en plus conscient du désastre imminent en lui faisant croire que la technologie, instance en quelque sorte extérieure à la société des hommes, pourrait surmonter l'obstacle. L'issue – et la chance – seraient dans la « croissance verte ». Il faudra déconstruire, là encore, cette illusion qui ne vise qu'à perpétuer le système de domination en vigueur.

L'avenir n'est pas dans une relance fondée sur la technologie, mais dans un nouvel agencement des relations sociales. Les défis de l'heure exigent de sortir de la logique du profit maximal et individuel pour créer des économies coopératives visant au respect des êtres et de l'environnement naturel.

Le capitalisme s'apprête à clore sa courte existence. Après deux siècles d'un essor extraordinaire, appuyé sur une mutation technique d'importance comparable à celle qui a vu les sociétés de chasseurs découvrir l'agriculture lors de la révolution néolithique, il y a dix millénaires, l'humanité va se débarrasser de cette forme transitoire, efficace mais violente, exubérante mais névrotique. Nous pouvons sortir du capitalisme en maîtrisant les cahots inévitables qui se produiront. Ou plonger dans le désordre qu'une oligarchie crispée sur ses privilèges susciterait par son aveuglement et son égoïsme. Ce qui fera pencher la balance, c'est la force et la vitesse avec lesquelles nous saurons retrouver et imposer l'exigence de la solidarité.

1

Le capitalisme, inventaire avant disparition

Les miracles de la productivité

Lors de mes études, l'école de sciences politiques que je fréquentais désirait sensibiliser ses élèves à la pointe la plus avancée du progrès technique, et rendait obligatoires quelques heures d'informatique. Le moment le plus édifiant de ce cours survenait lorsqu'il fallait poinçonner des fiches en carton avant de les introduire dans une machine qui effectuerait les opérations ainsi programmées. Que les jeunes lecteurs de cet ouvrage ne croient pas déceler ici une quelconque ironie : la programmation par carte perforée était encore, au début des années 1980, un moyen de communication courant avec les ordinateurs.

À cette époque, je commençais à écrire des articles sur une machine à écrire mécanique – la tige métallique portant la lettre gravée allait frapper un ruban encreur derrière lequel se trouvait la feuille de papier. Très vite, malgré le caractère légendaire de cette pratique qui vous faisait entrer dans la peau d'un grand reporter américain imbibé de whisky et de cigarettes, je suis passé à des machines à écrire électriques – IBM « à boule » ou « à marguerite » –, avant de tester une machine de traitement de texte Philips assez biscornue, mais qui pouvait conserver quelques pages en mémoire. Le hasard de l'existence me conduisit ensuite à *Science et Vie Micro*, un magazine de micro-informatique où l'on s'amusait beaucoup à expérimenter les dizaines de micro-ordinateurs qu'une industrie jeune et enthousiaste propulsait sur le marché à la cadence d'un distributeur de bonbons devenu fou.

Je me souviendrai toujours de l'arrivée du Macintosh, début 1984 : un pur émerveillement. L'appareil était simple à utiliser, compact, la « souris » inventait un nouveau moyen de communication avec la machine, les « icônes » du « bureau » vous rendaient accessible une pratique jusque-là réservée à des jeunes gens bizarres qui s'empiffraient de Coca-Cola et de pizzas en programmant des séries d'algorithmes à trois heures du matin.

Ce Macintosh, dans sa version initiale, ne permettait pas de traiter des textes de plus de dix mille signes – soit sept feuillets. Sa mémoire vive ne comptait que cent vingt-huit kilo-octets. Aujourd'hui, la mémoire vive de l'ordinateur avec lequel j'écris ce livre est de deux giga-octets soit… quinze mille fois plus. Ces deux chiffres encadrent une des évolutions les plus phénoménales des trois dernières décennies : le sursaut de la productivité entraîné par la « révolution » micro-informatique. Cette multiplication de la puissance des circuits électroniques a provoqué un rebond de la productivité du travail dans tous les pays développés après le choc pétrolier des années 1970.

Angus Maddison, le plus réputé des historiens de la productivité, a reconstitué, pour douze pays d'Europe occidentale, l'évolution de la production par heure travaillée. Soit :

+ 1,55 % par an entre 1870 et 1913,

+ 1,56 % entre 1913 et 1950,

+ 4,77 % entre 1950 et 1973,

+ 2,29 % entre 1973 et 1998.

Pour l'ensemble des pays de l'OCDE (Europe, États-Unis, Canada et Japon), le rythme s'est ensuite ralenti entre 2000 et 2006, mais reste à 1,8 % par an. Ainsi, la phase du capitalisme ouverte dans la foulée du choc pétrolier se caractérise par une hausse de la productivité, certes inférieure à ce qu'elle avait été pendant les « trente glorieuses » – les années 1945-1975 –, mais très supérieure au demi-siècle précédant la guerre de 1914, qui était pourtant une période de transformation massive de l'économie mondiale.

La mutation micro-informatique a généralisé les instruments de traitement de l'information à faible coût et à forte efficacité. Elle conjugue un principe, la numérisation, et sa mise en œuvre par la microélectronique. La numérisation consiste à représenter un phénomène réel – son, lumière, dessin, photo – par une suite de nombres. Elle est opérée par la transformation de ces phénomènes, appelés analogiques et qui ont la forme électrique d'un signal continu, en une suite d'impulsions électriques analysables en termes de 0 et de 1. Cette numérisation est mise en œuvre par la microélectronique, qui manipule de façon de plus en plus rapide ces 0 et ces 1.

Une mesure de l'évolution des performances des microprocesseurs est le coût de traitement d'un million d'opérations : il était d'un dollar en 1970, il est maintenant de 0,000 000 01, soit cent millions de fois moins.

L'ampleur de cette transformation des activités humaines par l'informatisation est visible dans presque chaque élément du décor quotidien d'un citadin de pays riche. On peut aussi la mesurer par le fait que la planète compte aujourd'hui plus d'un milliard d'ordinateurs, soit un pour six habitants.

Il y a mille exemples de produits ou d'activités transformés par la pénétration de la microélectronique. Ainsi, quand j'étais petit, une grosse radio trônait dans le salon de mes parents, surmontée d'un plateau tourne-disque sur lequel on écoutait les « microsillons ». Dans les années 1970, le premier argent que j'ai gagné a été consacré à l'achat d'une « chaîne hi-fi » – un tourne-disque et deux haut-parleurs –, d'ailleurs fabriquée en « Allemagne de l'Est », qui fournissait alors des produits peu chers. À la même époque, les cassettes se multipliaient, avant que les disques compacts ne s'imposent dans les années 1990 : le numérique triomphait de l'analogique. Maintenant, on en est au MP3 et à la musique sur Internet : le groupe dont mon fils Joseph est le batteur a sa page, où vous pouvez écouter quelques-uns de leurs morceaux.

La hausse de la productivité suscitée par la micro-informatique a entraîné la baisse du coût des produits manufacturés. Cela a permis l'élévation du niveau matériel de vie.

Mais cela s'est aussi traduit par une capacité impressionnante à transformer et à déplacer la matière. Les microprocesseurs ont envahi les machines, tandis que les ordinateurs ont permis de concevoir des engins plus efficaces. L'informatisation des chaînes techniques n'a pas projeté l'économie dans l'immatériel. Elle a bien plutôt augmenté la quantité de matières transformées par l'activité humaine : d'abord du fait de la masse de déchets et de pollution générés par les ordinateurs eux-mêmes, qui sont rapidement obsolètes, donc jetés ; mais, surtout, parce que la manipulation d'information permise par l'ordinateur ne se substitue pas à la manipulation de la matière, mais l'amplifie au contraire, en induisant la conception de machines plus puissantes. Par exemple, au début des années 1990, le prix du pétrole était au plus bas, et l'exploitation des sables bitumineux de l'Alberta était au bord de la faillite ; le changement de technologie, substituant à des excavateurs géants des camions qui pouvaient charger plus de cent tonnes de sable d'un coup, a permis de sauver l'activité. Autre exemple : chacun des 3 920 salariés que comptait en 2007 l'usine sidérurgique d'Arcelor, à Dunkerque, produisait 3,57 fois plus d'acier (1 630 tonnes) que leurs

10 970 prédécesseurs de 1977 (456 tonnes). L'industrie n'a pas été seule touchée : la production annuelle de lait par vache est par exemple passée en France de 4 700 litres en 1980 à 7 700 en 2006 ; la gestion informatique des cheptels et les programmes d'insémination artificielle ont joué un rôle essentiel dans cette progression.

Le règne des spéculateurs

Sam était sûr de lui. À Lakeview, on trouverait une communauté qu'il connaissait, et où l'on pourrait rester quelques nuits. Le hasard du stop nous avait réunis depuis deux jours, il avait un chien et peignait le soir des tableaux sur des toiles enroulées dans sa besace. Nous arrivâmes à Lakeview, dans l'Oregon. La bicoque dont il avait l'adresse semblait voguer sur une marée dépenaillée de bric-à-brac, voitures, pneus, planches, chèvres, ferrailles… Un gars barbu, deux femmes, un gosse vivaient là. Mais ils ne pouvaient pas nous héberger. Trois ans auparavant, c'était une communauté où venait qui voulait. Il y avait toujours une dizaine de personnes pour bricoler, fumer, faire de la musique. Mais les temps avaient changé, l'ami de Sam était parti, il ne restait plus que le barbu, qui vivait de ses cinquante chèvres. Derrière, deux constructions en bois, en forme de champignons, où des instruments de musique et des papiers épars prenaient silencieusement la poussière. L'esprit des hippies était parti dans le ciel avec les diamants.

Plus tard, à Salinas, en Californie, un autre auto-stoppeur m'expliquerait, sur une bretelle d'autoroute, que le mouvement des années 1960 était mort. « Plus rien ne bouge maintenant, les gens ne pensent qu'à gagner de l'argent, et le pays glisse lentement vers un conservatisme de plus en plus accentué. » On était en 1978. Le « Golden State » venait d'adopter par référendum la « proposition 13 », une revendication de diminution des impôts, soutenue par l'ex-gouverneur Ronald Reagan, et signée par 1,2 million de Californiens. Les taxes d'habitation étaient gelées, d'autres États suivaient. En novembre 1980, Ronald Reagan était élu président des États-Unis. Un capitalisme décomplexé prenait le pouvoir. L'argent devenait roi, empereur, divinité.

Près de trois décennies plus tard, l'économie financière brasse des montants trente fois supérieurs à ceux échangés dans l'économie dite réelle. Cela signifie que la spéculation sur les valeurs boursières et sur les monnaies a totalement décroché du montant des produits concrets qui la fonde normalement. Le PIB (produit intérieur brut) est constitué des biens et services fournis. En 2002, le PIB mondial était de 32 000 milliards de dollars ; le total des transactions monétaires atteignait quant à lui… plus d'un million de milliards de dollars ! Faramineux ? Faramineux.

Comment cette déconnexion entre la production matérielle et le signe monétaire a-t-elle été rendue possible ?

Au sortir de la Deuxième Guerre mondiale, en 1944, le système des changes avait été organisé à la conférence de Bretton Woods afin d'éviter la répétition des désordres monétaires qui avaient précédé le conflit. Il adossait le système monétaire international sur le dollar, qui devenait la devise par rapport à laquelle toutes les autres monnaies fixaient leur taux de change. Auparavant, ce rôle était tenu par l'or.

Mais le développement du commerce international durant les trente glorieuses et l'essor des multinationales ont poussé à fabriquer des dollars bien au-delà de ce qui était nécessaire pour la seule économie des États-Unis. La guerre du Vietnam coûtait cher, le déficit budgétaire des États-Unis enflait démesurément, le système de Bretton Woods craquait. En août 1971, le président Nixon décidait de sortir du système de taux de change fixes : le dollar n'était plus convertible en or. Le nouveau système de « changes flottants » signifiait que le taux des monnaies était fixé par le marché. Cela créait des opportunités de profit pour des spéculateurs capables de jouer sur les différences de taux de change entre monnaies. Un exemple célèbre est celui de George Soros, qui en 1992 gagna plus d'un milliard de dollars en jouant habilement contre la livre sterling. Les changes flottants ont favorisé les mouvements de capitaux. Entre 1970 et 2004, les transactions quotidiennes sur le marché mondial sont ainsi passées d'une dizaine de milliards de dollars à deux mille, soit deux cents fois plus.

L'envol de l'économie financière a par ailleurs été stimulé par les chocs pétroliers de 1973 et de 1979. La forte augmentation des prix du pétrole transférait une masse importante de capitaux vers les pays qui en produisaient. Ceux-ci, n'en ayant que partiellement l'usage chez eux, réinvestirent une très grande part de ces « pétrodollars » sur les marchés financiers occidentaux. Par ailleurs, les pays du Sud non producteurs de pétrole commencèrent à s'endetter fortement. Au total, la dette extérieure des pays en développement est passée de 50 milliards de dollars en 1968 à 2 450 milliards en 2001.

Enfin, une série de décisions politiques a levé les barrières aux mouvements de capitaux dans le but d'attirer les revenus pétroliers, mais aussi pour faciliter la gestion de l'endettement des États. L'habitude a été prise de placer les bons du Trésor sur les marchés financiers sous forme d'obligations (emprunts à long terme), ce qui permettait aux gouvernements de se financer sans générer d'inflation. Les gouvernements ont également abattu les cloisons séparant les différentes fonctions financières (dépôt bancaire et investissement spéculatif) pour attirer les capitaux vers leurs places boursières. Rivalisant avec Wall Street, la City de Londres a obtenu en 1979 l'abolition du contrôle des changes, tandis qu'en 1987 le « big bang » financier y assouplissait encore les règles sur les mouvements de capitaux. Les autres places suivaient l'exemple.

Une autre mesure allait renforcer ce mouvement trépidant. En 1980, Paul Volcker, le directeur de la Réserve fédérale des États-Unis, décidait d'augmenter fortement les taux d'intérêt, afin de faire baisser l'inflation. Cela rendait le placement des capitaux aux États-Unis très profitable. Conséquence : entre 1970 et 1993, le taux d'intérêt réel bondissait de − 2 % à + 8 %. Ramené à une valeur moyenne de 5 %, cela assurait le doublement d'un placement en un peu plus de quinze ans.

Il n'y a pas de meilleur symbole de cette nouvelle phase du capitalisme que les mots employés par les commentateurs : auparavant, « investisseur » désignait un entrepreneur qui engageait son capital dans une opération industrielle ou commerciale à l'issue incertaine. Maintenant, le terme qualifie les personnes ou les firmes qui jouent sur le marché financier et qui ne sont, au vrai, que des spéculateurs.

Ces derniers ont vu leur important savoir couronné par un prix Nobel d'économie – alias prix de la Banque centrale de Suède –, décerné en 1997 à MM. Merton et Scholes. Ils étaient récompensés pour avoir élaboré une méthode permettant d'estimer la valeur des produits dérivés. Ceux-ci sont des spéculations sur la valeur à terme d'un autre actif financier. En bon français, une martingale. L'application de leur méthode les a conduits à un succès inattendu : les deux Nobel dirigeaient avec des amis le fonds spéculatif LTCM… qui a fait faillite en 1998, précisément par la négociation des produits dérivés.

Le marché financier mondial est devenu en fait un système de cavalerie, dans lequel on paye les dettes créées par la spéculation au moyen de nouveaux engagements sans garantie réelle. Les spécialistes ont fini par affubler cette opération du terme « titrisation » : il s'agit du montage permettant à un établissement de transférer le risque de non-remboursement d'un crédit en le transformant en un produit financier complexe vendu sur le marché. Pour Jean-Hervé Lorenzi, du Cercle des économistes, « la titrisation est essentielle dans le fonctionnement d'une économie de crédit qui permet à l'économie mondiale de se développer ». Autrement dit : la prospérité mondiale repose dans ce capitalisme sur l'endettement le plus effréné que l'on ait jamais expérimenté.

L'inconvénient des dettes, c'est qu'on finit toujours par les payer d'une manière ou d'une autre. La dette mondiale actuelle a son prix dans le monde réel, d'une façon que nos brillants économistes oublient toujours, on le verra plus loin. Mais leur irresponsabilité suffit à créer les désordres dans leur propre sphère de compétence. La phase actuelle du capitalisme a connu sa première tempête financière en 1987, précédant celles de 1998 et 2000. La crise ouverte en 2007 est la plus importante de cette série. Elle n'est pas un accident, mais le symptôme d'une crise générale de la société humaine au début du troisième millénaire.

La corruption au cœur du nouveau capitalisme

Un aspect essentiel de la financiarisation de l'économie est la systématisation de la corruption. Ce n'en est pas un caractère secondaire, mais un des principaux moteurs. Max Weber plaçait l'éthique protestante au cœur de l'esprit du capitalisme et le capitalisme naissant s'est traduit par une régression de la corruption. L'avènement de la bourgeoisie au XIXᵉ siècle était en effet fondé sur le rejet du système antérieur, dans lequel monarchie et aristocratie réglaient statuts, justice, et une part des échanges sur la base du népotisme et de la prévarication – l'arbitraire du prince légitimant depuis le sommet de la pyramide l'ensemble du système. L'austère bourgeoisie prétendait instaurer un règne vertueux et rationnel, où l'économie serait gouvernée par les règles du marché, aucune puissance ne pouvant en faire dévier le juste accomplissement. Cet idéal s'est évaporé. Le capitalisme prospère dorénavant sur le lucre, l'exhibitionnisme et le mépris des règles collectives.

Comment cette dégénérescence de l'esprit bourgeois s'explique-t-elle ? Pour Alain Cotta, qui est un des premiers à l'avoir décelée, elle découle de la complexification des sociétés : toujours plus de régulation entraînerait plus de corruption, puisque la disproportion entre les traitements des fonctionnaires et les effets de leurs décisions suscite les tentations.

L'exacerbation de l'idéologie individualiste au cours des trois dernières décennies, en valorisant à l'extrême l'enrichissement et la réussite individuelle au détriment du bien commun, a donné une justification théorique aux arrangements avec la morale. Roberto Saviano, au terme d'une enquête impeccable sur les mafias napolitaines, l'illustre clairement, en présentant ainsi la psychologie des « parrains » : « Ceux qui prétendent que c'est immoral, qu'il ne peut y avoir d'existence humaine sans éthique, que l'économie doit avoir des limites et obéir à des règles, ceux-là n'ont pas réussi à prendre le pouvoir, ils ont été vaincus par le marché. L'éthique est le frein des perdants, la protection des vaincus, la justification morale de ceux qui n'ont pas su tout miser et tout rafler. » Il conclut : « La logique de l'entreprenariat criminel et la vision des parrains sont empreintes d'un ultralibéralisme radical. Les règles sont dictées et imposées par les affaires, par l'obligation de faire du profit et de vaincre la concurrence. Le reste ne compte pas. »

Les nouvelles structures de l'économie ont joué un rôle essentiel pour assouplir la discipline légale, en laissant capitaux et marchandises circuler librement tandis que perduraient les frontières judiciaires et policières. « La finance *offshore* permet d'organiser, à grande échelle et en toute légalité, une évasion fiscale dont les plus grands groupes mondiaux cherchent évidemment à profiter – et aussi, en toute opacité cette fois, des abus de biens sociaux au profit des dirigeants », observe François Morin. Par ailleurs, le Fonds monétaire international (FMI) et la Banque mondiale ont imposé aux pays qui devaient passer sous leurs fourches caudines l'ouverture de leurs frontières aux capitaux. Cela a permis aux oligarques de ces pays de placer leurs revenus, souvent accumulés par l'exploitation des matières premières, au Nord plutôt que dans l'économie locale – et parfois, dans le cas des crises bancaires argentine ou équatorienne, avec un cynisme ahurissant. Selon deux chercheurs de l'université du Massachusetts, sur la période 1970-2004, pour chaque dollar prêté à l'Afrique subsaharienne, soixante *cents* en repartaient la même année sous forme de fuite de capitaux.

Mais la corruption s'est également invitée dans les pays occidentaux, les freins qu'y avait placés l'héritage de la démocratie politique étant progressivement desserrés par les élites. Les « caisses noires » apparaissent parfois au grand jour, comme en Allemagne, où la justice a démontré au sein du consortium Siemens le détournement de 1,3 milliard d'euros sur plusieurs années. En France, les comptes cachés de l'Union des industries et métiers de la métallurgie sont plus modestes mais n'en éclairent pas moins les pratiques du patronat, tandis que des firmes comme Alstom ou Thalès sont impliquées dans des affaires de pots-de-vin. La corruption devient le terme générique d'une économie multiforme :

blanchiment d'argent criminel dans l'immobilier en Espagne, vente illégale de permis de construire par des conseils municipaux en Lettonie, dessous-de-table pour emporter des marchés en Grande-Bretagne, etc. De nouvelles techniques émergent, comme la manipulation des comptes, afin de soutenir le cours de l'action, ainsi que cela a pu être mis en évidence pour nombre de grandes entreprises des États-Unis (BCCI, Citigroup, Enron, Tyco, Global Crossing, Qwest, Adelphia Communications). Modifier *a posteriori* les dates d'attribution des stock-options est une autre manœuvre destinée à permettre aux dirigeants de gagner plus d'argent : 23 % des entreprises y ont eu recours, selon deux chercheurs des universités de l'Iowa et de l'Indiana.

Les allers-retours entre haute fonction publique et direction d'entreprises sont un moyen sûr de toujours se comprendre. L'affaire de la société aéronautique franco-allemande EADS est de ce point de vue exemplaire de la dilution de l'idée de service public. Nombre de dirigeants sont poursuivis pour délits d'initiés, la vente de leurs stock-options ayant précédé l'annonce de mauvais résultats de l'entreprise. Or, il s'agit d'une entreprise née et soutenue par la volonté politique depuis les années 1960, dans un effort constant pour édifier une industrie aéronautique européenne indépendante du géant américain. Les capitalistes impliqués dans le délit d'initiés n'étaient pas tant des entrepreneurs que des bénéficiaires de la commande publique, tandis que les dirigeants concernés étaient souvent des hauts fonctionnaires devenus dirigeants d'entreprise par le fait du prince.

Un autre aspect de la perte du sens de l'honneur est l'habitude prise chez les décideurs de s'affranchir de la sanction de leurs erreurs. Le dénommé Charles Prince encaisse un bonus de 10,4 millions de dollars de Citigroup, alors que le cours de la compagnie a baissé de 48 % ; le président de Sprint, Gary

Forsee, empoche 21,8 millions de dollars alors que 4 000 de ses employés sont licenciés ; Robert Stevens, chez Lockheed Martin, encaisse 20 millions de dollars en stock-options alors que la firme a dépassé de 8 milliards le budget prévu dans les contrats gouvernementaux ; Patricia Russo demande un parachute doré de 6 millions d'euros alors qu'Alcatel-Lucent, qu'elle dirige, a perdu 3,5 milliards d'euros en 2007 et annoncé 16 500 suppressions d'emplois.

La généralisation de la corruption dans le capitalisme finissant s'accompagne logiquement de l'expansion d'une économie criminelle d'une importance majeure. Le phénomène est officiellement reconnu, et le ministre de la Justice des États-Unis, Michael Mukasey, s'est publiquement inquiété de « la pénétration par le crime organisé du secteur de l'énergie et d'autres secteurs économiques stratégiques ».

L'exemple russe illustre comment se réalise cette imbrication : « Par des moyens parfois purement criminels et souvent d'une extrême violence, les oligarques ont vampirisé l'économie de la Russie, observe le magistrat Jean de Maillard. Ils viennent aujourd'hui investir leurs capitaux en Europe. Ils rachètent des immeubles, des industries, investissent des secteurs économiques entiers. Mais qui sont-ils ? Des criminels qui, ayant réussi l'accumulation primitive du capital, comme aurait dit Marx, s'embourgeoisent et viennent faire du business ? Ou des mafieux qui s'infiltrent dans nos économies ? »

La corruption répand dans l'esprit public l'idée qu'est le plus estimable non pas le plus vertueux mais le plus malin. Elle justifie le manque de respect pour l'autorité : pendant que les oligarques se protègent, l'application de la « peine plancher » envoie en prison pendant un an des voleurs d'autoradios. Dure aux faibles, douce aux forts, la loi du capitalisme triomphant distille le poison du délitement du respect des règles collectives.

Par ailleurs, l'économie de corruption et de trafics illégaux en vient à constituer un facteur macroéconomique énorme, dont l'ampleur des sommes transitant par les paradis fiscaux – la moitié des activités internationales des banques – donne la mesure. Ce sont autant de ressources qui échappent aux collectivités qui les ont produites, et qui manquent pour mener les politiques nécessaires afin de faire face à la crise écologique et de réduire l'injustice sociale.

Cette situation place l'oligarchie, qui n'est pas toute corrompue, dans un dilemme qu'elle n'a pas tranché : soit elle continue à accepter la prévalence épidémique de la corruption, ce qui fragilise toujours un peu plus le tissu vulnérable des sociétés, soit elle commence à la remettre en cause – mais cela implique d'inverser le mouvement de libéralisation généralisée de l'économie, puisque la corruption n'est pas un phénomène secondaire, mais un caractère essentiel d'un système fondé sur la liberté des capitaux.

Maîtriser l'économie « criminelle » suppose une intervention coordonnée des États, ce qui contredit l'idéologie dominante. Cela suppose par ailleurs que les dirigeants politiques soient indifférents aux intérêts des groupes et personnes qui profitent de l'économie de corruption…

Le triomphe de l'inégalité

Hausse de la productivité, financiarisation de l'économie mondiale, corruption épidémique – un quatrième trait caractérise l'état présent du capitalisme : une remontée très prononcée de l'inégalité sociale à partir des années 1980. Les trente glorieuses avaient vu les gains de productivité assez équitablement répartis, le niveau de vie augmentait pour tous, les écarts de revenus entre les groupes sociaux ne s'allongeaient pas. À partir de 1980, avec l'arrivée au pouvoir aux États-Unis et en Grande-Bretagne de Ronald Reagan et de Margaret Thatcher, les revenus les plus élevés décrochent du reste du corps social et accaparent une part croissante de la richesse collective.

Les études abondent qui attestent de ce phénomène. Deux sont particulièrement éclairantes, parce qu'elles l'inscrivent dans la longue durée. La première, réalisée par deux économistes, Carola Frydman et Raven Saks, montre bien l'inflexion profonde qui a marqué le capitalisme dans les années 1980. Les deux chercheurs ont analysé, sur près de soixante ans, l'évolution des revenus des trois principaux dirigeants d'une centaine des plus grandes firmes des États-Unis. Une facette de leur travail a été de rapporter ce revenu moyen des plus hauts dirigeants au revenu moyen des salariés du pays : on a là un indicateur original de l'évolution des inégalités depuis un demi-siècle (voir graphique p. 28). Leur base de données démontre une assez grande stabilité jusque dans les années 1980 – les dirigeants gagnent environ quarante fois le revenu moyen –, puis une augmentation constante et rapide : en 2000, ils atteignent plus de trois cents fois le revenu moyen. Le constat est sans appel : stabilité pendant les trente glorieuses, évolution très forte à partir de 1980 jusqu'à un sommet en 2000, stoppée par le 11 septembre 2001.

Le phénomène mis en valeur par Frydman et Saks l'a été d'une autre manière par un économiste basé à Berkeley, Emmanuel Saez. Il a pour sa part étudié sur une longue période, aux États-Unis, la part du revenu des ménages accaparé par 10 % des ménages les plus riches. La courbe est très proche de celle de Frydman et Saks, ce qui est normal puisque, si l'outil d'observation est différent, le phénomène observé est le même. Comme Saez a pu aller plus loin dans le temps, il

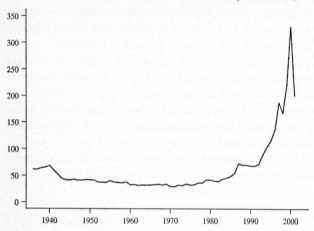

Rapport du revenu des 3 dirigeants de 100 grandes firmes des États-Unis au revenu moyen des salariés des États-Unis (Frydman et Saks)

constate que, après le repli de 2001, l'oligarchie a repris son ascension : en 2006, aux États-Unis, les 10 % les plus riches de la population s'appropriaient la moitié du revenu total. Quelle performance !

Très prononcée aux États-Unis, cette tendance globale de l'évolution des inégalités se retrouve peu ou prou dans tout l'Occident, confirmant la rupture de régime du capitalisme dans les années 1980.

On observe par ailleurs cette montée des inégalités à l'échelle mondiale, si bien que les plus riches n'ont jamais été, dans l'histoire contemporaine, plus éloignés des plus pauvres, tandis que les inégalités de niveau de vie moyen entre les nations riches et pauvres n'ont pas d'exemple dans l'histoire humaine.

Cette montée de l'inégalité mondiale a pu se poursuivre indépendamment d'une amélioration du sort de tous, engagée de longue date, et dont atteste l'allongement presque général et continu de l'espérance de vie. Mais, depuis les années 1990, ce recul de la pauvreté, qu'elle soit absolue ou relative, est stoppé. Et si la situation présente perdurait, il y aurait en 2050 « peut-être 2 milliards de riches, 2 à 3 milliards de gens qui aspireront à le devenir et 4 à 5 milliards de gens qui resteront très pauvres, note l'économiste Daniel Cohen. Ce qui veut dire que le monde de 2050 verra se multiplier les difficultés du monde présent : il y aura peut-être deux fois plus de riches, ce qui posera des problèmes écologiques considérables. Et il y aura toujours beaucoup de pauvres, peut-être davantage qu'aujourd'hui, ce qui signifie que le déséquilibre entre richesse et pauvreté restera massif ».

L'économie-monde

Plus que toute considération académique, une expérience partagée témoigne de la mondialisation qui s'est produite si récemment et si puissamment : le nombre de voyages que presque chacun d'entre nous, au sein des classes moyennes occidentales, a effectués dans les dix dernières années. Comparez, par exemple, vos déplacements et ceux de vos parents. La différence paraîtra quasiment toujours de manière saisissante, quels que soient les milieux et les professions.

Pourquoi cette mondialisation, qui a formé un espace économique planétaire pour les biens et, en bonne partie, les hommes, s'est-elle produite avec tant d'intensité dans les trois décennies qui viennent de s'écouler ? James Fulcher l'explique ainsi : pour restaurer des profits diminués par la vivacité de la compétition internationale, les entreprises ont cherché à partir des années 1970 du travail bon marché hors des pays industriels. Elles l'ont trouvé en Europe de l'Est, grâce à l'effondrement de l'Union soviétique, au Mexique ou en Asie du Sud-Est, ainsi, bien sûr, qu'en Chine, dont l'ouverture à partir de 1978 a fait entrer un quart de la population mondiale dans le système capitaliste. Cette dissémination de l'industrie a encore accru la pression concurrentielle internationale, renforçant la mondialisation. Le progrès technique, en facilitant les transports de toutes sortes, a bien sûr joué un rôle essentiel.

Comment la mondialisation se manifeste-t-elle ? Par les objets, d'abord. Le commerce mondial de biens et services a été multiplié par six entre 1979 et 2007 : en dollars constants (valeur de 2000), il est passé de 489 milliards de dollars à 2 976 milliards. Et puis, bien sûr, par les voyages, l'esprit vagabond d'une grande partie des humains nous poussant à aller voir si l'herbe est plus verte derrière la colline : les touristes internationaux étaient 25 millions chaque année en 1950, ils seraient plus de 700 millions aujourd'hui.

La mondialisation des codes culturels est tout aussi importante que celle des marchandises et des voyages. Peu à peu, une culture humaine unitaire se forme, qui conduit à définir un jeu de références communes. Tout voyageur peut s'en rendre compte, au-delà de la diversité – plus scintillante et riche que jamais – des modes de vie. Cela m'avait frappé il y a deux ans, à Niamey, au Niger, un des deux ou trois pays les plus pauvres du monde. Comme souvent en Afrique, on vit une très grande partie de la journée et de la nuit dans la rue, faute de logement confortable. Dans la rue où j'habitais, l'épicier installait tous les soirs des bancs devant son magasin – une cahute de bois recouverte d'un toit de tôle – et sortait un poste de télévision. Les voisins, qui se pressaient au spectacle, apprenaient ainsi ce qui se passait dans le monde.

« Les Chinois adorent la télévision, raconte *Le Point*. Quatre cent trente millions de postes de télévision sont en activité (le double de ce qui existait en 1992) et 96 % du territoire est couvert par les ondes hertziennes. En 2007, les statistiques officielles répertorient… plus de 2 000 chaînes. Les Chinois regardent la télévision en moyenne trois heures par jour. »

Quelles sont les conséquences de cette mondialisation culturelle ? L'une en est que les phénomènes de rivalité mimétique jouent maintenant sur la scène mondiale. Dans *Comment les riches détruisent la planète*, j'ai résumé l'analyse du grand économiste Thorstein Veblen. Pour celui-ci, l'économie des sociétés humaines est dominée par un ressort, « la tendance à rivaliser – à se comparer à autrui pour le rabaisser ». Le but essentiel de la richesse n'est pas de répondre à un besoin matériel, mais d'assurer une « distinction provocante », autrement dit d'exhiber les signes d'un statut supérieur à celui de ses congénères. Dans une société régie par cette loi anthropologique, une partie de la production vise à satisfaire les besoins concrets de l'existence de ses membres. Mais le niveau de production nécessaire à ces fins est assez aisément atteint, et à partir de ce niveau, le surcroît de production est suscité par le désir d'étaler ses richesses afin de se distinguer d'autrui. Cela nourrit une consommation ostentatoire et un gaspillage généralisé.

La théorie de Veblen explique efficacement le fonctionnement actuel de la société capitaliste, et la mondialisation de la culture permet au ressort qu'il a identifié de jouer sur la scène planétaire : ce ne sont plus seulement les petits-bourgeois de Cincinnati ou de Montélimar qui cherchent à copier les canons de la bienséance posés par les oligarques de New

York, de Rome ou de Paris, mais aussi les classes moyennes de tous les pays, et particulièrement des pays dits émergents, qui se tournent vers les pays les plus riches où ils trouvent le modèle à imiter pour assurer à domicile leur position symbolique.

C'est ce qu'indique par exemple Rajendra Pachauri, le président du GIEC (Groupe intergouvernemental d'experts sur l'évolution du climat) : « Les pays en développement ou émergents sont imprégnés par les images de prospérité des pays riches. Leur imaginaire baigne dans la consommation, la culture occidentale. » Sudha Mahalingam, une spécialiste indienne des politiques énergétiques, le confirme : « Les classes moyennes en Inde voient ces images puissantes à la télévision, le mode de vie occidental qui est si désirable, ils voient les feuilletons anglais, ils regardent les chaînes Discovery, Travel, ils veulent ça, ils pensent que c'est le bon mode de vie. »

« La valorisation de l'image, qui caractérise la manière de consommer des Chinois, est surtout le fait des nouveaux riches, constate un journaliste chinois. Ils sont désormais les acteurs principaux de la consommation en Chine. Malgré leur nombre très limité, ce sont eux qui déclenchent et guident les tendances. »

Le moteur de la rivalité ostentatoire – dans des sociétés où se développe aussi une grande inégalité – rugit entre une oligarchie de plus en plus riche et une classe moyenne suffisamment nombreuse et prospère pour aspirer aux nouveaux codes du prestige. Gary Gardner, du Worldwatch Institute, estime que « plus d'un quart de la population mondiale appartient maintenant à la classe mondiale des consommateurs – des gens qui vivent au niveau de pauvreté européen ou au-dessus. Presque la moitié se trouvent dans les pays en développement ». Soit 1,5 milliard dans le monde, dont 750 millions dans les pays en voie de développement.

Bienvenue dans l'anthropocène

Les côtes de la Namibie sont parmi les plus poissonneuses du monde. Un grand courant d'eau froide, riche en nutriments, y remonte en effet depuis le fond de l'océan, créant un milieu propice aux concentrations de poissons. Si bien que, lors de l'extraordinaire expansion de la pêche qui s'est déroulée partout dans le monde à partir des années 1950, la Namibie est devenue un trésor qui paraissait infini. On y a pêché dans les années 1970 jusqu'à 17 millions de tonnes de sardines, anchois et autres animaux marins. Mais le coffre avait un fond : les stocks se sont effondrés. On ne pêche plus qu'environ un million de tonnes au large de la Namibie. Fin de l'acte I.

Acte II. Les méduses inspirent assez peu de sympathie à l'espèce humaine, qui ne les trouve pas à son goût, et s'agace des piqûres urticantes que provoquent les filaments de certaines de ces habitantes des océans. Invertébrées, sans cerveau, animaux carnivores ne connaissant pas la satiété, les méduses mangent tout le temps. Ce dernier caractère les rapproche, selon certains scientifiques, d'*Homo capitalistus*. Mais passons. Les méduses, elles, apprécient beaucoup l'activité humaine. Elles aiment que leurs prédateurs – thons et tortues – disparaissent, elles raffolent des excès d'azote qu'amène à la mer le ruissellement des eaux continentales, elles apprécient ce doux réchauffement climatique qui diminue les cycles d'eau froide qui les ravagent. Pour les méduses, le troisième millénaire s'annonce comme une période paradisiaque.

Acte III. Les pêcheurs de Namibie, ayant puisé tout l'été, se trouvèrent fort dépourvus quand la pénurie fut venue. Presque plus un seul petit morceau de sardine ou d'anchois. Ils allèrent crier famine chez les méduses, leurs nouvelles voisines. Mais la méduse n'est pas prêteuse. Vous pêchiez ? J'en suis fort aise. Eh bien ! Nagez maintenant. Car les méduses ont envahi les eaux de Namibie, et se délectent des larves et des bébés poissons qu'elles y trouvent. Au point qu'une étude approfondie menée en 2006 a montré que la biomasse des méduses dans ces eaux dépasse de quatre fois la biomasse des poissons : 12 millions de tonnes contre 3,6 millions !

Il y a fort peu de chances que ce nouvel équilibre écologique puisse être défait pour un retour à la case précédente. Il fait écho à ce que l'on observe au large de Terre-Neuve. Cette province atlantique du Canada était naguère immensément riche en morues. La pêche s'y développa de façon excessive, les stocks dégringolèrent, le gouvernement canadien instaura un moratoire sur la pêche en 1992, espérant que l'espèce, ainsi protégée, pourrait repartir. Mais, pour des raisons que les scientifiques ne savent pas déceler, le stock de morues reste minime. Un nouvel équilibre semble installé, bien plus pauvre que naguère.

Namibie et Terre-Neuve illustrent un mécanisme général et caractéristique de la situation écologique actuelle : au-delà d'un certain seuil de transformation, de prédation ou de destruction, les écosystèmes changent de régime d'une façon irréversible. Bien identifié dans un certain nombre de cas, ce mécanisme de seuil pourrait jouer sur des écosystèmes beaucoup plus larges. Par exemple, sur la capacité de régions océaniques de plusieurs millions de kilomètres carrés à absorber du dioxyde de carbone, ou sur celle de l'Amazonie à résister à des sécheresses récurrentes, dès lors que sa destruction continuerait – ce qui est en fait le cas, en raison de l'alliance opérée par le président brésilien Lula avec le lobby agroalimentaire.

Ces exemples concernent les océans et la biodiversité, dont la dégradation rapide est d'aussi grande importance que le changement climatique, constituant avec celui-ci une crise écologique d'ampleur historique. L'effet de seuil s'est placé au cœur de l'analyse du changement climatique. Le débat scientifique ne se déroule pas entre « sceptiques » et « partisans » du changement climatique, comme le laissent croire nombre de médias paresseux ou complaisants. Il est entre la communauté réunie dans le GIEC, dont le dernier rapport présenté en janvier 2007 donne l'état des connaissances sur le sujet, et une partie des climatologues qui pensent que le GIEC est trop prudent, parce que les signes de l'accélération du changement climatique sont d'ores et déjà visibles. James Hansen, directeur du Goddard Institute for Space Studies, est le porte-drapeau de cette tendance : « Le climat approche de points de bascule dangereux. Les éléments d'un "ouragan parfait", d'un cataclysme global, sont en place. Le climat peut atteindre des points tels que des réactions d'amplification génèrent des changements puissants et rapides », a-t-il déclaré en juin 2008 devant le Congrès des États-Unis. Le président du GIEC, Rajendra Pachauri, est en fait à peine moins alarmiste : « Pour contenir la hausse des températures en deçà de 2 °C-2,4 °C, qui est selon nos travaux la ligne à ne pas franchir pour ne pas se mettre gravement en danger, il ne nous reste que sept ans pour inverser

la courbe mondiale des émissions de gaz à effet de serre. »
Soit d'ici à 2015.

Les décideurs continuent de promouvoir une croissance maxi-
male de l'économie. Et vilipendent les bien modestes appels à la
décroissance qui parviennent à percer la muraille des médias
capitalistes. Mais en réalité… nous sommes en décroissance !
L'expansion économique est si polluante que la dégradation
du capital naturel se poursuit à un rythme accéléré. Que les
économistes n'aient pu se mettre d'accord ou n'aient pas eu
le courage suffisant pour calculer et évaluer précisément ce
phénomène n'empêche pas qu'il soit absolument réel. Tout
surcroît de croissance du produit intérieur brut correspond
aujourd'hui à une décroissance des potentialités de vie sur
terre.

Le champ oublié de l'économie – l'écologie – en est
devenu le déterminant essentiel, même si l'immense majorité
des économistes continuent à raisonner comme s'il était
accessoire. L'activité humaine ne pourra pas continuer à se
déployer si n'est pas rapidement rétabli l'équilibre entre cette
activité et la biosphère qui la supporte.

Le capitalisme des trente dernières années n'a pas marqué,
en ce qui concerne la destruction de la biosphère, une
inflexion particulière par rapport au passé. Il s'est contenté de
poursuivre les tendances antérieures. Mais la différence
essentielle est qu'il était informé du désastre en cours – ce qui
n'était pas le cas des temps précédents – et qu'il est resté obstinément sourd à ces signaux.

Si les trois dernières décennies se sont situées, du point de
vue de la transformation de la biosphère, dans le prolonge-
ment de la séquence historique ouverte au XIXᵉ siècle par la
révolution industrielle, elles sont cependant les témoins du
fait majeur, historique, que nous atteignons les limites de la

biosphère, le point de rupture des équilibres écologiques. Plus que la litanie des processus désastreux que toute personne soucieuse de s'informer de l'état du monde ne peut plus ignorer – désertification, érosion de la biodiversité, pénurie croissante d'eau, dégradation des sols, acidification des océans, étalement urbain, fonte des glaciers, etc. –, une conjecture très humaine témoigne de cette situation singulière.

Début 2008, la commission de stratigraphie de la Société géologique de Londres a publié un article signé par tous ses membres et qui mérite la plus grande attention. Pour en apprécier le sel, il faut se rappeler que la stratigraphie est l'étude de la succession des dépôts sédimentaires à la surface de la Terre ; elle détermine, en fait, les âges géologiques de notre planète depuis son origine, il y a 4,5 milliards d'années. Ainsi les scientifiques ont-ils par exemple défini le cambrien, qui a vu une explosion de vie, le carbonifère, propice aux insectes géants, le crétacé, au terme duquel s'est produite l'extinction des dinosaures, etc. Nous vivions jusqu'à il y a peu sous l'holocène, période ouverte il y a quelque dix mille ans, et qui correspond à ce que les archéologues désignent par néolithique. Les membres de la commission de stratigraphie, donc, ont décidé qu'il était scientifiquement valide de classer l'époque que nous vivons sous un nouveau nom, l'anthropocène. En effet, l'humanité, jusqu'à présent espèce parmi d'autres, est devenue un agent géologique, c'est-à-dire apte à transformer la structure de la biosphère : la sédimentation naturelle est fortement modifiée par plus de quarante mille barrages artificiels, le niveau de gaz carbonique dans l'atmosphère est plus élevé qu'il n'a jamais été depuis près d'un million d'années, la disparition des espèces qu'il provoque est comparable en ampleur avec celle qui a emporté les dinosaures, l'acidité des océans s'élève rapidement… Les doctes savants concluent : « Le faisceau de preuves stratigraphiques est suffisant pour que la reconnaissance de l'anthropocène comme nouvelle époque géologique soit proposée à la discussion internationale. »

À temps nouveaux, société nouvelle.

À moins que nous ne préférions le sort des dinosaures.

2

La névrose des marchés

L'individu, roi nu

À Montréal, le visiteur découvrira au musée McCord, qui
présente l'histoire de la vie quotidienne dans la métropole
québécoise, mille détails propres à satisfaire sa curiosité. Son
attention ne manquera pas d'être attirée par deux objets voisins quoique séparés par trois décennies. Il s'agit de dispositifs
à roulettes servant au transport des nourrissons. L'appellation
en varie parce que, bien que ni la fonction ni la technologie
n'en aient été réellement modifiées au cours de la période
considérée, la disposition générale en a été bouleversée, reflé-
tant une transformation majeure de la psychologie collective
des sociétés occidentales.

Le curieux examinera donc deux produits de la firme italienne
Peg-Perego, datés l'un de 1970 – c'est un landau –, l'autre de
1997 – c'est une poussette. Le landau enveloppe l'enfant et,
surtout, le dispose de manière qu'il soit tourné vers le – ou la
– pilote de l'engin, c'est-à-dire dans un contact visuel l'assu-
rant qu'il est engagé dans une relation forte avec son environnement connu. Dans la poussette, au contraire, l'enfant est
tourné vers le vaste monde, dirigé comme à son insu par une
force invisible, et obligé de se confronter à l'ensemble des

39

émotions innombrables qui ne manquent pas de jaillir d'un trot-
toir citadin, surtout quand on n'en est séparé que de quelques
décimètres.

Dans le landau, une personne entourée et en relation ; dans
la poussette, un individu lancé dans un monde inconnu. La
plus grande victoire du capitalisme dans les trois dernières
décennies n'est pas d'avoir ouvert le marché mondial, fait
exploser les inégalités, relancé par la numérisation généralisée la course technologique ; elle est d'avoir transformé la
conscience publique, en la convainquant de donner à l'individu
une position démesurée par rapport aux relations humaines.

Certes, l'individualisme n'est pas un trait nouveau dans une
civilisation occidentale qui a trouvé dans l'exaltation de la
liberté individuelle le fondement philosophique et psychique
de sa modernité, depuis le tournant marqué par le *Cogito* de
Descartes. Mais cet individualisme a toujours été en lutte
avec – donc tempéré par – les anciennes affiliations commu-
nautaires de la religion, puis les solidarités nouvelles que sus-
citait la violence de l'exploitation capitaliste. Or, dans la
période récente, ces obstacles se sont estompés, et la figure de
l'individu s'incarne dans la conscience collective comme
l'agent constitutif de la société et l'horizon psychique de référence de la personne. Il n'est plus censé développer sa person-
nalité que dans la relation intéressée avec le reste du monde,
constitué d'autres individus ou d'instances abstraites formées
sur une base rationnelle, libérée de tout affect ou de toute
charge symbolique.

Cette idéologie a trouvé son expression la plus lumineuse
et la plus franche chez Ayn Rand, dont le livre, *La Vertu
d'égoïsme*, fut lors de sa parution aux États-Unis en 1964 un
best-seller – et l'est, paraît-il, resté. Pour cette philosophe du
capitalisme, « l'homme doit vivre pour son propre intérêt, ne

sacrifiant ni lui-même aux autres, ni les autres à lui-même. Vivre pour son propre intérêt signifie que l'accomplissement de son propre bonheur est le plus haut but moral de l'homme ». C'est, à vrai dire, l'extension à l'ensemble de la vie du principe qu'Adam Smith avait posé à la fin du XVIIIe siècle : « Chaque individu s'efforce continuellement de trouver l'emploi le plus avantageux pour tout le capital dont il peut disposer. » Mais Smith réservait cet axiome à la sphère économique, et développait par ailleurs une philosophie du « sentiment moral » qu'oublieraient ses héritiers.

La philosophie dont Ayn Rand était une porte-parole allait se transcrire en sociologie et en analyse économique sous la forme de l'« individualisme méthodologique » : seul l'individu est une unité pertinente d'analyse, et la société est un ordre qui émerge spontanément des choix faits par chaque être humain. Faits sociaux et comportements collectifs s'expliqueraient ainsi par les comportements individuels. Comme l'expose le sociologue Alain Ehrenberg, « la société ressemble alors à une rencontre de subjectivités, ce qui conduit à une conception purement contractuelle du social, c'est-à-dire sous forme d'accord entre libres parties. Les individus ne seraient engagés que par ce qu'ils décident eux-mêmes d'engager ». Il précise : « L'idée de société comme réalité *sui generis*, idée fondamentale de la sociologie de Durkheim, définissant le fait social comme inhérent au fait que les hommes vivent en commun, devient inconsistante. » Cette « dynamique d'émancipation généralisée qui s'est amorcée au cours des années 1960 (…) a fini par produire l'impression que chaque individu, considéré comme une totalité autonome, est l'entier responsable de sa propre existence ».

41

La mise en avant de l'individu est pour le capitalisme l'enjeu idéologique central : présenter l'individu comme totalement responsable de sa condition permet de gommer la responsabilité de l'organisation sociale, et donc de ne pas la mettre en cause. Ce n'est pas un hasard si la revue de combat des économistes monétaristes regroupés autour de Milton Friedman s'appelait la *New Individualist Review* (1961-1968). Margaret Thatcher exprimait quant à elle l'idée centrale avec sa franchise usuelle : « Qui est la société ? Une telle chose n'existe pas ! Il y a des individus, hommes et femmes, et il y a des familles, et le gouvernement ne peut rien sinon à travers les gens, et les gens s'occupent d'abord d'eux-mêmes. (…) La société n'existe pas. »

Dire que la trajectoire d'un individu ne dépend que de lui-même signifie aussi que seuls les meilleurs réussissent. La position des dominants découle dès lors d'une sorte de loi naturelle. D'ailleurs, « le capitalisme est l'ordre naturel des communautés humaines », affirme le président de la Bourse de Bruxelles. Cette célébration des « meilleurs » allait trouver aux États-Unis dans les années 1990 un soubassement « scientifique » avec l'ouvrage à succès de Charles Murray et Richard Herrnstein, *The Bell Curve : Intelligence and Class Structure in the American Life*. Le livre entendait démontrer que le moindre quotient intellectuel des Noirs était à l'origine de leur moindre réussite sociale aux États-Unis et de leur taux de criminalité plus élevé. De surcroît, le quotient intellectuel aurait une base génétique. Le livre suscita une vive controverse. Un manifeste signé de nombreux universitaires lui apportant leur soutien fut publié dans… *The Wall Street Journal*, le quotidien financier américain, arbitre bien connu des disputes scientifiques.

Périodiquement, d'autres démonstrations viennent renforcer cette idée du fondement naturel de l'ordre capitaliste, tel un livre récent expliquant comment la sélection naturelle permet aux riches de survivre : « À travers le temps, la "survie des plus riches" a propagé à travers la population les traits qui ont permis à ces gens de mieux réussir économiquement au début : la pensée rationnelle, la frugalité, la capacité à travailler dur », explique Gregory Clark.

Inversement, les pauvres n'ont qu'à s'en prendre à eux-mêmes de leur médiocre situation : l'anthropologue Pascale Jamoulle, enquêtant dans des cités populaires du nord de la France, observe que « les sujets, inéluctablement déçus et "rabaissés", en viennent à se punir eux-mêmes. La honte interdit de s'ouvrir à autrui, de partager ses épreuves et ses peines. Les hommes fuient leur famille, se murent dans le silence et la dépression. Ils se réfugient dans l'errance, les conduites à risque et les psychotropes ».

Plutôt la psychologie que la politique

L'individu étant le seul agent qui forme société, l'analyse des interactions sociales se ramène à la psychologie. De nouveau, Alain Ehrenberg l'explique clairement : nos sociétés « ont tendance à employer des représentations centrées sur l'individu qui réduisent le social au couple moi/autrui – de là sans doute la vogue des émotions aujourd'hui qui, pour nombre de biologistes et de sociologues, seraient le "pont" entre le biologique et le social ».

Dès lors, on va présenter les cahots inévitables et de plus en plus nombreux provoqués par le système comme découlant de problèmes psychologiques. Par exemple, Jérôme Kerviel,

43

qui a causé une perte de plusieurs milliards d'euros chez son employeur, la Société générale, devient un cas psychiatrique. Il « a peut-être péché par excès de confiance plus que par malhonnêteté », juge un docte spécialiste, constatant que « les salles de marché sont le théâtre de batailles d'ego » où « un trader en situation d'incertitude peut perdre toute rationalité ». Si M. Kerviel perd toute rationalité, susurre cette psychologie de bazar, c'est que le marché, lui, était rationnel. Et les magistrats d'ordonner une expertise psychiatrique du spéculateur à l'ego survolté. On oublie de rappeler qu'en 1995 le jeune spéculateur Nick Leeson avait fait perdre 470 millions de livres à la banque Baring Securits qui l'employait à Singapour ; en 2007, Jérôme Kerviel fait plonger la Société générale de près de 5 milliards d'euros, presque dix fois plus. C'est cette multiplication par dix en douze ans qu'il faudrait expliquer.

De même, les difficultés rencontrées par les travailleurs dans les entreprises ne seraient pas l'effet d'une mauvaise organisation des tâches, de la pression exercée par la direction ou des tensions collectives, mais des « performances » des employés. Au TechnoCentre de la firme automobile Renault, trois salariés se suicident entre octobre 2006 et février 2007, symptômes d'une épidémie qui s'étend à de nombreuses entreprises : « Les dispositifs de prévention comme les observatoires du stress ou les numéros verts mis en place chez Renault ou Peugeot (…) "psychologisent" le problème au lieu d'interroger les formes d'organisation du travail qui poussent des salariés au suicide », observe la sociologue Annie Thébaud-Mony.

L'enjeu de l'idéologie individualiste est aussi économique : elle permet d'affaiblir la collectivité des salariés dans sa relation avec l'employeur. Avec l'individualisation des salaires qui se répand depuis les années 1975-1980 – par opposition à une échelle des salaires définie par une grille de statuts et d'ancienneté –, « une image moderne des relations est développée : celle d'une relation employeur-salarié qui permet à ce dernier de construire sa vie professionnelle en s'échappant du carcan du collectif, observe le juriste Pierre-Yves Verkindt. Elle oublie un point majeur : dans le monde du travail, il y a un fort et un faible, l'un qui a le pouvoir, l'autre qui y est soumis ».

On cherche aussi à individualiser les contrats : il s'agit, autant que possible, de casser les conventions collectives ou les statuts définis par la loi pour aller vers une relation entre l'individu – libre, cela va de soi – et l'entreprise. L'idéal est de sortir définitivement du salariat, comme certains le préparent en Allemagne, où les salariés sont encouragés à créer leur entreprise et à louer leurs services à leur ancien employeur à un prix inférieur à leur rémunération antérieure.

Les méthodes de management individualisent des performances, comme le constate Martial Petitjean, syndicaliste chez Peugeot : « Avant, on donnait des objectifs à des équipes, aujourd'hui, on les donne à des individus. » La division du travail a « été poussée à l'extrême, confirme le psychiatre Christophe Dejours. Elle est avant tout au service d'une méthode de gouvernement au sein des entreprises qui estime que plus on a de pouvoir disciplinaire, de maîtrise des gens, plus on gagne en termes d'efficacité et de réactivité. Or, la meilleure façon de dominer, c'est de diviser les gens ».

Ainsi met-on chacun en concurrence avec tous. La concurrence, outil pour affaiblir les dominés, est aussi l'expression d'une vision du monde. Le darwinisme social – la lutte des meilleurs pour parvenir et rester au premier rang – fonde inconsciemment aux yeux de l'oligarchie sa légitimité, on l'a vu. Il définirait aussi le mode de fonctionnement de l'économie mondiale, pensée comme une arène immense où individus, groupes, entreprises, pays, s'affrontent sans relâche pour la survie. Pour un tenant de l'ordre établi comme Claude Allègre – d'autant plus choyé par les médias qu'il est classé à gauche –, la planète est le lieu d'une « bataille commerciale sauvage ». Il faut éliminer les concurrents, sous peine d'être soi-même éliminé. Cette compétition permanente, note Ingmar Granstedt, « engendre un monde où la peur est diffuse, la peur de ne pas trouver sa place ou d'être déclassé, la peur de se trouver parmi les perdants ». Les autres sont une menace, non un soutien.

Ainsi, l'individualisme, conjugué à l'obsession de la compétition, nourrit la névrose collective qui ronge les sociétés occidentales : jamais à la hauteur de ses désirs incessamment excités par la publicité, engagé dans une rivalité sans victoire possible pour la suprématie symbolique, sujet à l'angoisse de se voir éliminé, l'individu reste en permanence en deçà de ses aspirations.

La privatisation de l'espace public

Foire d'empoigne entre individus étrangers les uns aux autres, le monde n'appartient plus qu'à ceux qui s'en emparent. Logiquement, l'espace public est privatisé, aux deux sens du mot : il devient affaire privée des individus, plutôt que lieu de coexistence et de partage ; il est économiquement approprié par les compagnies privées.

Les signes en sont multiples, à commencer par l'expérience devenue si banale en train ou en bus, dans lesquels il est bien rare de ne pas subir la péroraison d'un congénère connecté par le téléphone portable à un autre univers, totalement coupé de ses compagnons de route. On parle de ses affaires à tout le monde, mais en se fermant à tout le monde. La pénétration dans les espaces naturels en principe protégés est une autre forme d'occupation de l'espace public. Aux États-Unis, « les 4×4, les motos et les quads s'enfoncent avec allégresse au plus profond de la nature, relate Hélène Crié. Les immatriculations des véhicules tout-terrain ont triplé depuis 1998 en Californie, dans le Colorado, l'Idaho, le Montana et l'Utah, quadruplé dans l'arrière-pays de Los Angeles, et même quintuplé dans le Wyoming depuis 2002 (…). Le week-end et pendant les fêtes, les autoroutes méritent le coup d'œil : des camping-cars bourrés d'enfants, conduits par les grands-parents, tirent des remorques chargées de motos et de quads, suivies par les 4x4 des parents. L'argument majeur de ces fanatiques de nature sauvage : les véhicules motorisés permettent aux vieux et aux infirmes d'accéder à de beaux endroits dont ils seraient privés s'il fallait respecter la loi ».

L'automobile s'impose tant à nos existences qu'on en oublie qu'elle constitue une appropriation de l'espace commun. C'est d'Inde que nous vient ce rappel : « À Delhi, dit Sunita Narain, les bus transportent plus de 60 % des gens, 20 % vont encore à vélo, mais les bus occupent moins de 8 % de l'espace des rues, les vélos 20 %. En revanche, les voitures mobilisent 70 % de l'espace urbain alors qu'elles ne transportent que 20 % des gens. »

Le pouvoir de l'argent est si bien accepté qu'on finit par s'habituer à ces résidences fermées de la Côte d'Azur et d'ailleurs qui bloquent l'accès aux plages, à ces domaines clos qui grillagent et divisent toute la Sologne, à ces propriétés immenses acquises dans les endroits reculés – Lozère ou Haute-Loire en France, Patagonie en Argentine, etc.

Ce ne sont pas seulement les individus qui s'emparent de l'espace public. Les compagnies, au nom du développement économique ou de la nécessité de répondre à la « demande », occupent également l'espace. Ce sera brutal, comme en Inde, où les entreprises spolient, avec l'appui du gouvernement, les terres paysannes pour développer des usines d'automobiles – la Nano de Tata devait ainsi être construite dans une usine implantée sur des terres d'où ont été chassées des centaines de paysans, à Singur, dans l'État du Bengale. Il en va de même pour des aciéries, des mines, des usines aux quatre coins du pays, au nom d'un développement industriel qui se fait sur le dos des paysans et de cette ressource devenue si rare, l'espace. Mais dans les pays les plus riches l'invasion, pour être plus subtile, n'en est pas moins constante. Les campagnes sont artificialisées sans mesure. La téléphonie mobile et le wi-fi envahissent l'espace électromagnétique sans que soient préalablement analysés les effets sanitaires possibles engendrés par la prolifération des ondes. La diffusion des organismes génétiquement modifiés s'apparente – du fait des contaminations inévitables qu'ils provoquent – à l'imposition d'un mode cultural sur les autres.

La perte du lien social

« QUENTIN – Eh bien ! Dites donc les gars, vous avez l'air crevés ce soir.

FRANÇOISE – C'est la machine 25 qui a merdé comme d'habitude.

HÉLÈNE – Le pire, c'est que notre copain Gaston est à l'hosto à l'heure qu'il est.

MARIE-CHRISTINE – Depuis le temps qu'on le disait au contremaître.

QUENTIN – Mais ça ne sert à rien, je vous dis, le contremaître, il n'a pas le temps.

FRANÇOISE – Il va bientôt y avoir plus qu'une solution : la grève, pour qu'on nous écoute. Si on débraye, les patrons, ils l'auront pas volé.

MARIE-CHRISTINE – Le mieux c'est de s'unir, d'en discuter tous et de créer un syndicat.

Une manifestation a lieu, une grève, les ouvriers obtiennent la réparation de la machine dangereuse.

Trente ans plus tard :

HÉLÈNE – Alors les gars, vous n'avez pas oublié ? Tous à la manif demain !!!

FRANÇOISE – Désolée, camarades, mais moi, faut comprendre, un CDI après toutes ces années d'intérim, c'est pas le moment de me faire remarquer.

MICHEL – T'es bien gentille, mais moi, dans l'affaire, je fais juste de la sous-traitance.

HÉLÈNE – Je peux compter sur toi, au moins ?

NOHRA – J'voudrais, mais j'ai du boulot, une famille à nourrir, une maison à payer, alors je ne prends pas de risque.

RACHEL – Eh ! Vous, numéro 13 ! Veuillez vous présenter au service du personnel.

HÉLÈNE – Eh bien d'accord ! Ça commence à sentir le roussi.

Pas de grève, pas de manifestation.

Un expert commente : "Docteur Pommier, bonjour. Ce phénomène s'obtient par une pression sur la masse salariale. Cette pression diminue l'esprit de cohésion, et peu à peu l'individu est isolé." »

On l'aura compris, j'espère, le dialogue qui précède présente deux situations de travail séparées par trente ans, situées respectivement dans les années 1970 et dans les années 2000. Il a été écrit par des sidérurgistes de la ville ouvrière de Grande-Synthe, près de Dunkerque, avec l'aide du comédien Nicolas Lambert, à l'occasion du Manifeste – Rassemblement international pour un théâtre motivé – qui se déroulait dans cette localité en juillet 2007. On ne saurait mieux dire comment les travailleurs ont perdu l'esprit de solidarité, comment l'individualisme à l'œuvre dans toute la société a détruit la culture ouvrière.

« La classe ouvrière s'est trouvée fragmentée par les nouvelles techniques d'individualisation du travail (prime au mérite, cercles de qualité), par l'éclatement des statuts (contrats à durée déterminée, intérim), par la dévalorisation du rôle des travailleurs qualifiés (traditionnellement à la pointe des combats syndicaux et politiques) et par une institution scolaire prompte à dévaloriser la culture ouvrière », résume Serge Halimi. « Avant, complète Christophe Dejours, la communauté de travail offrait des contreparties aux conditions de travail difficiles, aux injustices, aux harcèlements, à travers des systèmes de solidarité assez forts, qui permettaient de tenir le coup. On ne laissait pas l'autre s'enfoncer. Aujourd'hui, le lien social a été liquidé, on ne peut plus compter sur les autres parce que la communauté est divisée et désorganisée. »

Si la culture ouvrière s'est dissoute, il en va de même du sentiment de solidarité à l'égard de la société dans son ensemble. Personne ne s'étonne d'entendre le président de Renault, Carlos Ghosn, déclarer à la radio que « chaque fois que vous enlevez de l'argent à l'État pour le donner au citoyen, c'est bien ». Car bien sûr, dans la mentalité nouvelle, l'État spolie sans retour l'individu triomphant.

Cet oubli du collectif est très présent dans la bien-pensance écologique, niché dans les détails. Par exemple, selon l'association Planète éolienne, « une éolienne de 1 mégawatt (MW) avec 2 200 heures de fonctionnement pleine puissance par an produira 2 200 000 kilowattheures (kWh), soit la consommation de 1 000 foyers français alimentés en électricité ». Chaque foyer serait ainsi censé consommer 2 200 kWh par an. En fait, les 25,7 millions de foyers français consomment au total 480 terawattheures, soit 18 680 kWh par ménage ! D'où vient cette différence étonnante ? De l'inconscient individualiste qui parle à travers le zèle des promoteurs de l'énergie éolienne : ils ne comptent que l'électricité consommée à la maison, par les ampoules, les téléviseurs, les ordinateurs et autres machines qui forment l'ordinaire de l'Occidental. Mais oublient que le même Occidental va au travail dans des locaux à air conditionné, fait ses courses au supermarché chauffé et conditionné, bénéficie de l'éclairage public, assiste à des matchs de football illuminés, achète des produits qui ont requis de l'électricité pour être fabriqués, prend le train… Bref, que le « ménage » vit en société et qu'il participe donc à la consommation collective. En réalité, une éolienne de 1 MW assure la consommation électrique de 117 ménages participant à la société…

De la même façon, tous les guides expliquant comment vivre en « vert » se situent du point de vue de l'individu, jamais du collectif. Ainsi, *Le Petit Livre vert pour la Terre*, de la Fondation Nicolas Hulot, explique que « je me préserve des grosses chaleurs », « je réutilise mes objets », « je refuse les traitements chimiques », « je démarre en douceur », etc. *Être consom'acteur*, chez Nature et Découvertes, invite à « consommer engagé », puisque « consommer = voter », et range les actions entre « ma cuisine », « ma trousse de toilette », « mon garage », « mon atelier », etc. Électricité de France diffuse le guide $E = moins\ de\ CO_2$ pour « comprendre et agir au quotidien », et range l'univers entre « ma planète », « mon pays », et « ma maison ».

Notre planète ? Notre pays ? Notre cité ? Arrêter de consommer, manifester, contester, discuter, éteindre la télévision, se rebeller ? Non. Dans le paradis capitaliste, il suffit que nous fassions « les bons gestes pour la planète » et « les politiques et les industriels suivront ».

Familles, je vous déchire

Le capitalisme célèbre la famille, seule forme sociale qui convienne à son univers d'individus séparés les uns des autres. Mais les familles elles-mêmes sont en proie aux rivalités individualistes promues par le capitalisme : on voit des grands-parents rivaliser avec les parents pour le contrôle des enfants, des épouses accuser leurs maris de pédophilie sur leur progéniture, les couples, plus simplement, se déchirer. Dans une culture individualiste de consommation, le partenaire amoureux est souvent perçu tel un objet comme un autre, dont on se sépare quand il ne satisfait plus. Les divorces en France sont passés de 32 000 par an en 1964 à 139 000 en 2006 – un couple sur trois.

Leur impact écologique n'est d'ailleurs pas négligeable : les divorces augmentent la demande de logements et stimulent la consommation matérielle. Il faut souvent doubler chambre d'enfants, téléviseur, rollers, pour les enfants ballottés d'un logement à l'autre. Deux universitaires du Michigan ont ainsi constaté que le divorce contribuait à l'étalement urbain en multipliant les logements (le nombre de pièces par personne chez les ménages divorcés est aux États-Unis, selon cette étude, de 33 à 95 % supérieur à ce qu'il est chez les ménages mariés), tandis que la consommation d'eau et d'électricité par personne était respectivement supérieure de 56 % et de 46 %.

Le divorce, une libération ? Bien sûr, quand nécessaire. Mais largement conditionné par la psychologie collective qui prêche que l'absence de liens est l'expression de la liberté. Incidemment, on oublie que la famille est aussi, à côté d'un cercle d'amour, une cellule de protection économique, d'autant plus efficace qu'elle est étendue, c'est-à-dire que les liens de solidarité s'y sont maintenus. Symptôme : une grande partie des travailleurs pauvres sont des femmes seules avec enfant.

La « montée de la délinquance » est quant à elle l'expression de l'absence de représentation collective des intérêts des plus démunis. Jeremy Seabrook écrit que « l'action collective pour améliorer son sort a été délégitimée, emportée par les discours sur la fin du socialisme. Le crime est la réponse des individus aux injustices : c'est à la fois une caricature des valeurs dominantes (les criminels, eux aussi, démontrent un grand esprit d'entreprise et de l'ingéniosité dans leurs actions), et une célébration de l'individualisme héroïque qui est au cœur du capitalisme globalisé ».

L'accroissement des tensions sociales n'est plus médiatisé par l'action collective ni traduit par une parole politique. La multiplication des violences individuelles manifeste contre le système une rébellion qui manque de mots pour lui donner sens. Mais elle justifie que le capitalisme renforce continûment les dispositifs de « maintien de l'ordre », en jouant sur le besoin de sécurité de populations à qui les ressorts économiques de l'injustice sont soigneusement cachés. Et comme le capitalisme fait profit de tout, on développe des armées privées – en juillet 2008, la Douma russe a autorisé les grands groupes pétroliers du pays à lever des armées pour protéger leurs oléoducs –, on multiplie les vigiles – leur nombre croît de 8,5 % par an en France –, on privatise les prisons – suivant le « modèle » américain, le gouvernement français a signé en février 2008 un contrat avec Bouygues déléguant à cette entreprise la construction et la gestion de trois nouveaux établissements pénitentiaires –, et l'ensemble des techniques de surveillance et de contrôle devient un secteur d'activité majeur, croissant de 9 % par an au niveau mondial.

Dormez en paix, braves individus, la démocratie capitaliste est bien gardée. Contre vous, quand vous vous réveillerez.

Vivre, c'est consommer – et être frustré

Les affrontements entre citoyens et policiers sont monnaie courante, mais celui qui s'est produit début décembre 2007 à Macao, près de Hong Kong, sort indubitablement du lot. Cent vingt touristes venus de la région chinoise de Hubei se sont révoltés contre les organisateurs de leur voyage, raconte *The Standard*, de Hong Kong, parce qu'ils n'en pouvaient plus de faire du shopping : « Les guides nous ont dit que si l'on n'achetait rien aux magasins où l'on s'était arrêtés, ils nous abandonneraient sur la plage de Hac Sa. » Devant le refus des voyageurs d'acheter, les organisateurs les ont emmenés sur la plage, ce qui, en décembre, n'était pas une partie de plaisir, les empêchant de rentrer dans les cars chauffés. On en est venu aux mains, et la police a dû envoyer une unité anti-émeutes pour calmer les non-consommateurs révoltés.

Je ne peux m'empêcher de penser que la révolte des voyageurs de Hac Sa est prémonitoire : un jour, peut-être, on célébrera le 4 décembre comme la fête du refus de la surconsommation. Mais, pour l'heure, le capitalisme entretient avec trop d'efficacité la concupiscence pour que les individus désirent sauf exception autre chose que consommer davantage. On ne revendique pas le pouvoir de vivre, mais le pouvoir d'achat. Parce que acheter, c'est vivre : « La vraie vie, c'est Auchan », proclamait naguère l'entreprise de supermarchés portant ce nom.

Cette vision particulière de l'existence est entretenue par un conditionnement psychique qu'aucune civilisation humaine, quel qu'ait été son degré de despotisme, n'a jamais connu. Dans le monde entier, les populations qui ont accès à la télévision – la « classe globale des consommateurs », environ un milliard et demi de personnes – la regardent près de trois heures par jour. Et chaque jour, de ce fait, ils subissent plusieurs dizaines de réclames qui les invitent à acheter et détruire davantage afin d'être heureux.

Les programmes eux-mêmes sont orientés vers cette fin, comme l'avait reconnu au détour d'un entretien le dirigeant de la première chaîne européenne de télévision, la française TF1. Il n'est pas inutile de le relire. Pour Patrick Le Lay, donc, « le métier de TF1, c'est d'aider Coca-Cola, par exemple, à vendre son produit. Or pour qu'un message publicitaire soit perçu, il faut que le cerveau du téléspectateur soit disponible. Nos émissions ont pour vocation de le rendre disponible : c'est-à-dire de le divertir, de le détendre pour le préparer entre deux messages. Ce que nous vendons à Coca-Cola, c'est du temps de cerveau humain disponible ». Cette phrase justement célèbre exprime exactement le mécanisme de l'aliénation. Celle-ci, rappelons-le, signifie vendre à autrui ce que l'on est. Les téléspectateurs acceptent de vendre leur cerveau. Et bien sûr, nous sommes d'autant plus sûrement aliénés que nous croyons n'avoir jamais été plus libres.

Nous baignons tellement dans l'endoctrinement publicitaire que nous oublions à quel point il est récent : il y a trente ans, les gens regardaient beaucoup moins la télévision, entendaient et voyaient beaucoup moins d'injonctions à consommer. Cette progression fantastique (le chiffre d'affaires publicitaire mondial représente plus de 530 milliards d'euros) a accompagné l'évolution du capitalisme vers un individualisme exacerbé. Car pour la personne à qui l'on répète sans arrêt que sa vie ne dépend que d'elle et que les liens sociaux sont d'importance secondaire, la satisfaction se trouve d'abord dans la satisfaction matérielle : elle est source de plaisir – un plaisir qu'on ne trouve plus dans l'interaction et le partage avec les autres – et elle valorise la personne puisque l'accumulation de biens est le signe de sa réussite, donc de sa survie dans un univers ultra-compétitif. Les objets sont des signes, comme l'avait démontré dès les années 1960 Jean Baudrillard. Cela explique pourquoi la théorie de la rivalité ostentatoire de Thorstein Veblen est si puissante aujourd'hui, précisément aujourd'hui : dans un univers inégalitaire, concurrentiel, individualiste, la course à la suprématie symbolique par l'exhibition toujours plus démesurée de choses prend une vigueur exacerbée.

Il existe deux formes particulières et historiquement nouvelles de l'aliénation contemporaine : la manipulation des enfants, et la légitimation du trafic sexuel.

Dans le dessin animé *Le Voyage de Chihiro*, du réalisateur Hayao Miyazaki, la fillette Chihiro et ses parents se retrouvent dans une ville déserte. Un buffet chargé de victuailles innombrables et alléchantes trône dans une salle vide. Les parents, affamés, commencent à manger, laissant Chihiro partir en exploration. Quand elle revient, elle découvre que ses parents sont transformés en cochons. La parabole décrit le processus

56

de déshumanisation à l'œuvre dans la société de consommation. Dans le film, Chihiro est plus sage que ses parents. Dans la réalité, les parents poussent leurs enfants à s'empiffrer.

L'obésité est devenue une épidémie planétaire, touchant, selon l'Organisation mondiale de la santé, 400 millions de personnes dans le monde. Environ 17 % des enfants âgés de 7 à 9 ans, en France, sont en surpoids, incluant 3 % d'obèses. Or, l'exposition des enfants aux publicités est importante. Il est par ailleurs établi que l'exposition à des messages publicitaires vantant des aliments gras et sucrés favorise le développement de l'obésité. Une partie de la solution consiste donc à empêcher la diffusion d'annonces incitant les enfants à vouloir confiseries et boissons sucrées, comme l'ont décidé la Suède et le Québec. Mais, en France, industrie et télévisions s'y opposent : « La chaîne Gulli (pour les enfants) dépend à 100 % de la publicité, se justifie Lagardère Active, qui la contrôle. Or l'industrie alimentaire représente 20 % de notre chiffre d'affaires et près des deux tiers de ce montant seraient concernés par les mesures d'interdiction. » Peu importent au capitaliste pathogène les dépenses collectives de santé liées à la prise en charge de l'obésité.

L'endoctrinement commence dès le plus jeune âge : les chaînes de télévision Baby First et Baby TV diffusent leurs programmes à destination des bébés de six mois à trois ans. Des pédopsychiatres s'insurgent : « De nombreux travaux d'éthologie, affirment-ils, ont montré combien l'être humain est un animal capable de s'accrocher aux éléments les plus présents de son environnement, et notamment à ceux dont il a l'impression qu'ils le regardent. Il est à craindre que de jeunes enfants confrontés sans cesse aux écrans ne développent une relation d'attachement à ceux qui les "scotchent" indépendamment de tout contenu. (…) Les publicitaires se rattraperont après, quand l'enfant plus grand ne pourra plus se passer de la présence permanente d'un écran allumé à côté de lui. » Les chaînes restent autorisées, bien sûr.

Tout s'achète, tout se vend

L'acmé de l'aliénation capitaliste intervient quand l'humain lui-même devient marchandise. « C'est le temps de la corruption générale, écrivait Karl Marx, de la vénalité universelle ou, pour parler en termes d'économie politique, le temps où toute chose, morale ou physique, étant devenue valeur vénale, est portée au marché. » En son temps, le commerce de la chair prenait l'allure artisanale décrite par exemple par Maupassant dans *La Maison Tellier*. Mais la séquence historique ouverte dans les années 1980 nous conduit à une situation que n'auraient pas osé imaginer les plus lubriques des bourgeois du XIXᵉ siècle.

« Depuis trente ans, résume Richard Poulin, le changement le plus important du commerce sexuel a été son industrialisation, sa banalisation et sa diffusion massive à l'échelle mondiale. Cette industrialisation, qui est à la fois légale et illégale et qui rapporte des milliards de dollars, a créé un marché d'échanges où des millions de femmes et d'enfants sont transformés en marchandises à caractère sexuel (…). Jamais dans l'histoire la vénalité sexuelle n'a été aussi ample et profonde. Les bouleversements qu'elle entraîne sont radicaux pour le tissu social et dans les mentalités. On assiste à la prostitution-nalisation de régions entières du globe et à une pornographi-sation des imaginaires sociaux, non seulement des systèmes de représentations, mais aussi de certaines façons de penser et d'agir. »

Dans les pays d'Asie du Sud-Est, constatait en 1998 le Bureau international du travail, « la prostitution a crû si rapidement dans les dernières décennies que le business du sexe a pris les dimensions d'un secteur commercial qui contribue substantiellement à l'emploi et au revenu de la région ». Centrée sur l'Indonésie, la Malaisie, les Philippines et la Thaïlande, l'étude estimait qu'entre 0,25 et 1,5 % des femmes de ces pays étaient « engagées dans la prostitution », et que cette activité représentait de 2 à 14 % du PIB de ces pays. Un indicateur de l'évolution de cette économie est le nombre de prostituées aux Pays-Bas : de 2 500 en 1981 à 30 000 en 1997 – dont 80 % d'étrangères. L'Australie compte pour sa part environ 20 000 « travailleurs du sexe ». En Lettonie, « le trafic de femmes, constaté depuis le milieu des années 1990, (…) n'a cessé d'augmenter. On estime à 1 000 le nombre de femmes lettones quittant le pays chaque année pour être prostituées ». Le progrès continue à faire rage : le Népal, qui n'avait pas, jusqu'il y a peu, d'industrie du sexe, compte début 2008 près de 200 salons de massage et 35 « bars à danse ».

Le trafic d'êtres humains ne concerne pas que le sexe : un grand nombre de personnes – peut-être un tiers du total – seraient vendues pour répondre à la demande de main-d'œuvre servile bon marché dans l'agriculture, les services domestiques et l'industrie. En Chine, le quotidien cantonais *Nanfang Dushibao* a dénoncé en janvier 2008 « le trafic d'enfants originaires de Liangshan, au Sichuan, dans la province de Guangdong. Âgés de treize à quinze ans, ces jeunes sont loués comme bêtes de somme par des trafiquants aux portes des usines de cette province qui a donné à la Chine sa réputation d'"usine du monde" ». « Dans les pétromonarchies du Golfe, chaque citoyen dispose d'un certain nombre de titres de séjour, qu'il peut attribuer à des travailleurs immi-grés, selon des quotas par pays définis par le gouvernement. Une famille peut embaucher une employée de maison et un chauffeur, tandis que les entrepreneurs peuvent faire venir des ouvriers par centaines. » Les enfants peuvent nourrir ce trafic d'esclaves, comme l'a raconté le journaliste espagnol Xaquin Lopez, suivant l'achat de trois enfants dans le village béninois de Dehounta et leur acheminement vers les plantations de Côte-d'Ivoire où ils sont mis au labeur presque sans salaire.

D'autres formes de commerce sont suscitées par des manques affectifs ou physiologiques dans les pays riches.

Le trafic d'organes s'est développé durant les années 1990, des malades allant en Inde, au Pakistan, aux Philippines ou en Colombie se faire greffer, le plus souvent, un rein. L'Irak était dans les années 1990 une destination appréciée, la misère y permettant des prix – 7 000 $ – moins élevés qu'en Inde – 15 000 $. La Moldavie est une source d'approvision-nement plus récente. Le commerce international est assez organisé pour que plusieurs sites Internet proposent des for-faits voyage-opération. Une étude approfondie de l'OMS conclut que le trafic d'organes concernerait 5 % du total des greffes légales, soit plus de 3 000 opérations par an – compte non tenu des prélèvements opérés en Chine sur les condam-nés à mort, qui représentaient 12 000 transplantations en 2005 ! La Chine a adopté en avril 2007 une loi interdisant la commercialisation d'organes et le nombre de transplantations s'y serait effondré, au moins provisoirement. L'Inde a adopté dès 1994 une loi interdisant la commercialisation des organes, mais cela n'a pas suffi à empêcher le marché noir – un scan-dale de trafic d'organes y a encore éclaté en février 2008.

La marchandisation s'étend aux enfants, pour l'adoption ou pour le travail. À Madagascar, en 2004, la police malgache a

découvert cinq filières d'adoption clandestines. Il arrivait
– arrive ? – qu'on les fabrique à dessein : le commissaire
Rabetafika, de Tananarive, « évoque ces centres d'adoption
en "rupture de stocks" qui se fournissent auprès de femmes
ayant accepté, moyennant une certaine somme, d'être mises
enceintes par les rabatteurs desdits centres ». En 2007, au
Guatemala, la police a retrouvé quarante-six enfants dans un
orphelinat clandestin, dont elle pensait qu'ils allaient être
adoptés par des étrangers. « La justice guatémaltèque estime
que le trafic d'enfants rapporte environ deux cents millions de
dollars par an aux réseaux mafieux », relate *Le Monde*.

La traite des femmes comme épouses est appelée à un
grand avenir, compte tenu du déséquilibre entre le nombre de
garçons et de filles dans plusieurs pays d'Asie.

Les mères porteuses s'acheminent vers la reconnaissance
pleine et entière. En Californie, qui a autorisé la GPA (gestation pour autrui), celle-ci « peut prendre la forme d'un véri-
table business, raconte *Libération* : les parents sélectionnent
la mère porteuse selon ses traits physiques, son niveau d'études
et sa bonne hygiène de vie. Les agences s'assurent que les
candidates n'ont pas de casier judiciaire ni de dettes exorbi-
tantes. Si les coûts de procédure sont élevés (entre 50 000 et
100 000 euros selon les cas), la mère porteuse reçoit de
2 000 à 20 000 euros ». L'idée d'une Bourse spécialisée est
prématurée, mais pas absurde, comme en témoigne cette histoire flamande où la fille d'une mère porteuse belge a été
revendue à des acquéreurs plus offrants que le client originel.
Déboursant 15 000 euros, ils se sont approprié l'enfant au nez
et à la barbe du couple dont le mari avait donné son sperme en
vue d'une insémination. Le marché se mondialise d'ailleurs par
délocalisation de la production : c'est en Inde que les couples
occidentaux vont passer commande des bébés, les prix étant

moins élevés que chez eux, comme le reconnaît une technicienne médicale de San Antonio : « Les docteurs, les avocats,
les experts-comptables, ils peuvent se le payer, mais nous
– les instituteurs, les infirmières, les secrétaires, on ne peut
pas. À moins qu'on n'aille en Inde. » Le tarif est moins élevé
qu'aux États-Unis : 30 000 $, dont 7 500 pour la productrice,
pardon, la mère porteuse. *The Times of India* pose la bonne
question : « Dans un pays perclus d'une pauvreté abjecte,
comment le gouvernement peut-il garantir que les femmes
n'accepteront pas la gestation pour autrui simplement pour
pouvoir se procurer deux repas par jour ? »

Du pain, des jeux et du sexe

L'alliance du sexe et de la télévision, puis d'Internet, est un
des outils les plus puissants utilisés par le capitalisme pour
aliéner ses sujets. Une économie libidinale sortie de ses gonds
est la réponse à la frustration d'individus toujours en manque
de biens dans la course ostentatoire. Dans les années 1990, la
pornographie s'est d'autant mieux banalisée qu'elle pouvait
brandir l'étendard inattaquable de la liberté. Il ne restait plus
qu'à trouver quelques femmes intellectuelles applaudissant
cette marchandisation pour que l'idée même d'exploitation
sexuelle disparaisse de l'écran de la conscience publique. On
ne verra pas une coïncidence dans le fait qu'une philosophe
favorable à la liberté de prostitution, Élisabeth Badinter, se
trouve détenir 10,32 % du capital d'une des plus grandes
compagnies de publicité du monde – Publicis – au conseil
d'administration duquel elle a sa place.

En 2000, on estimait que 21 millions d'États-Uniens visi-
taient un site Internet pornographique au moins une fois par

mois. Le marché des films pornographiques pesait la même année dix milliards de dollars aux États-Unis, mille fois plus que trente ans auparavant. Il s'y tourne plus de dix mille films pornographiques chaque année. Le marché de la pornographie s'articule à d'autres secteurs économiques plus « respectables », telle l'hôtellerie, qui profite des films visionnés dans les chambres. L'évolution technologique a joué un rôle important dans cette explosion : alors que, dans les années 1970, les amateurs devaient aller voir les films pornographiques dans des salles certes obscures mais publiques, l'apparition des magnétoscopes en 1975 a permis le visionnage à domicile, à l'abri du regard des autres, une privatisation qu'a ensuite confortée la généralisation d'Internet.

La variété des perversions auxquelles est parvenue cette activité est grande : pornographie infantile, zoophilie, *bukake* – « une jeune fille est placée au centre d'une pièce, et plusieurs dizaines d'hommes éjaculent à tour de rôle sur elle » –, double ou triple pénétration, etc. Le spectateur est censé oublier qui sont les acteurs et les actrices. Mais, pour l'écrivain Isabelle Sorente, « aussi dérangeant que cela puisse être, derrière chaque vagin, chaque bouche à pipe, chaque anus, derrière chaque trou rempli de foutre, de doigts, de poings, de centaines de bites d'affilée se cache un être humain. (…) Certes, ne pas penser qu'un être humain, doté du même corps fragile que votre sœur ou votre mère, soit pénétré à la chaîne, saigne, s'effondre, soit marqué à vie, permet de mieux apprécier le spectacle pornographique, d'en jouir plus tranquillement. Mais ce n'est pas la réalité ».

L'impératif de productivité s'applique à l'individu sexué. La chaîne de télévision « culturelle » Arte explique, lors d'une soirée intitulée « Qu'est-ce que l'orgasme ? », que « l'enjeu pour madame était de devenir "super-orgasmique" »

63

tandis que « monsieur pouvait et devait "développer son potentiel orgasmique" ». Comme l'observe un journaliste, « s'il est un message que livrent aux amants les experts convoqués par Arte, c'est bien celui-là : il faut aguerrir sans relâche ce muscle situé en un point névralgique. Bref, travailler plus pour jouir plus ».

Il y a bien, là comme dans l'ensemble de l'économie, un fantasme du maximum. Une des attractions pornographiques est le « gang bang », dans lequel des dizaines d'hommes éjaculent successivement dans une même femme. Le record de cette pratique serait détenu par la « star porno » Lisa Sparxxx qui, en près de douze heures, aurait satisfait sexuellement 919 hommes lors du salon Eroticon, à Varsovie, en octobre 2004.

S'intéresser à la pornographie, c'est comme tremper son âme dans un bassin d'eau souillée. Mais la culture du début du XXIe siècle baigne dans cette eau, que renouvelle incessamment et sans états d'âme une industrie de déshumanisation psychique tout sauf marginale.

Une autre forme de divertissement – la focalisation de l'intérêt public sur les « événements sportifs » – se combine avec la pornographisation de la conscience populaire. Ainsi, lors de la Coupe du monde de football qui avait lieu en Allemagne en 2006, ce pays – où la prostitution est légale depuis 2002 – a laissé organiser des bordels de masse pour les spectateurs, près de 40 000 prostituées ayant été « importées » pour l'occasion. « En prévision de cet afflux, racontent les associations opposées à cette démarche, l'industrie du sexe allemande a érigé un gigantesque complexe prostitutionnel en prévision du "boom commercial" durant la Coupe du monde. » Un superbordel – faut-il dire « supermarché de services sexuels » ? – de 3 000 m^2, pouvant accueillir 650 clients masculins, avait été édifié à côté du principal stade à Berlin. Sur des zones clôturées, on a construit des « cabanes du sexe », ressemblant à des toilettes et appelées « cabines de prestation ». Berlin n'était pas une exception : en 2004, Athènes avait autorisé trente nouvelles maisons closes et assoupli ses règlements pour permettre la traite de vingt mille personnes prostituées supplémentaires afin de répondre à l'« accroissement de la demande » attendu pendant les Jeux olympiques de cette année-là.

Le plus étonnant n'est pas tant la violence de l'exploitation débondée dans l'industrie pornographique et prostitutionnelle – l'histoire n'est pas avare des atrocités auxquelles l'espèce humaine se livre volontiers – que l'indifférence et l'acceptation explicite qu'elle rencontre dans une culture qui place officiellement les droits de l'homme au pinacle de son échelle de valeurs. On mesure ici le degré d'aliénation auquel nous sommes parvenus. Le capitalisme arrivé à son apogée, donc au stade de sa dégénérescence imminente, n'a plus à s'embarrasser des idéaux dont il prétendait naguère encore recouvrir sa réalité profonde. Certes, on continue d'agiter comme des marionnettes les mots ronflants de nos « valeurs » pour tromper la partie encore importante du peuple qui persiste à vivre selon ce qu'Orwell appelait le « sens commun ». Mais l'oligarchie n'y croit plus pour elle-même, et laisse le système livré à une cupidité insatiable qui n'a plus pour fin que de transformer toute chose et tout être en objet de propriété, donc de destruction.

Le marché contre le capitalisme

Le « Green Bazar » est une grande halle où on trouve, rangés en sections regroupant chaque type d'aliment, fruits et

légumes, fruits secs et épices – formant des étalages multico-
lores et somptueux –, poissons, etc. Les viandes sont présentées
sur des étals métalliques recouverts d'un linge, ou pendues à
des armatures de fer rouges, servies par des commerçantes
en toque et blouse blanches. Autour de la halle, de petites
échoppes vendent conserves, bonbons, produits pharmaceu-
tiques, ou sont des bistros où clients et commerçants viennent
boire un verre ou manger un morceau.

Ce marché d'Almaty, au Kazakhstan, est un reste bien
vivant de l'ère soviétique. Alors que j'y déambulais sans hâte,
il m'a fait penser au marché Saint-Germain de mon enfance, à
Paris. On y retrouvait la même atmosphère d'échoppes et
d'étals, d'animation paisible, de couleurs et de sensations
humaines où respire la vie, et pas seulement l'argent. À cette
époque, le commerce ne se réduisait pas à la circulation de
monnaie, mais animait une relation humaine.

La halle Saint-Germain, dans le VIe arrondissement de
Paris, est aujourd'hui un concentré insipide de boutiques de
luxe, à l'image d'un quartier devenu ghetto d'oligarques.
Mais, à l'époque, la loi dite « de 1948 » permettait aux
familles à revenu modeste d'y vivre et, comme tout Paris, le
quartier était largement populaire. On allait faire ses courses
au marché, où l'on appelait les crémiers ou les bouchers par
leurs prénoms. Ma mère allait acheter ses légumes chez
Georges, qui avait un éternel crayon sur l'oreille. J'ai tra-
vaillé quelques semaines, un été, chez un autre marchand
des quatre-saisons, quand j'avais treize ou quatorze ans. Le
jeune employé se moquait gentiment du petit-bourgeois qui
peinait à décharger les caisses du camion ou à agencer correctement les pyramides de tomates. Avec ses camarades du
marché, il parlait une langue que je ne comprenais pas, et
que je reconnus plus tard, rétrospectivement, comme le ver-

lan, quand il devint l'idiome d'identification des enfants d'immigrés.

Que le marché soit le centre de la vie d'un quartier ou d'une région, et non un lieu réservé à la seule fonction d'échange monétaire, est une évidence aux quatre coins du monde que n'a pas totalement investi l'esprit capitaliste, du bazar de Niamey, profond comme une ville, aux marchés hebdomadaires des gros villages du Sahel, abrités du soleil par des claies de bois, des ruelles colorées de Quito aux labyrinthes chantants du centre de Naples. On y achète et on y vend, bien sûr – souvent, l'on y fabrique ou finit objets ou vêtements –, mais on parle, on échange les nouvelles, on commente la politique, on contracte, on fait société.

Je ne l'ai nettement compris que dans un endroit étrange des États-Unis. On sait que ce pays, le plus abîmé par le capitalisme, abonde en centres commerciaux, dits *malls*, qui sont des temples immenses voués à la consommation. Mais celui de Southern Point, en Caroline du Nord, est différent : ce n'est pas exactement un centre commercial, mais la réplique d'une petite ville, arrangée pour recréer la sensibilité perdue et la douceur de la flânerie. Au milieu d'immenses parkings trônent de massifs buildings disposés de façon à créer deux ou trois rues dans lesquelles, sans voitures, entre fontaines, bancs, terrasses et restaurants, les familles peuvent déambuler et lécher les vitrines. Un complexe de cinémas, posé sur une place à l'extrémité de la rue principale, a la forme d'une église, dont elle mime le rôle symbolique. Ici ou là, un jongleur ou un cracheur de feu apporte la touche de fantaisie qui égaye un après-midi de chalandage. Mais tout n'est qu'illusion : cette ville sans habitants n'a pour seule activité que de vendre des choses. Elle est comme une sœur réelle de la ville fictive du *Truman Show*, le film de Peter Weir, si représentatif de la schizophrénie américaine : il y a la ville rêvée – celle où l'on vit, parle, échange, aime – et le lieu réel – celui où l'on sert le capital, en consommant, comme à Southern Point, ou en nourrissant le spectacle, comme dans *The Truman Show*.

À l'autre bout de la rue de Southern Point, on retrouve le *mall* immense, où s'égrènent d'autres magasins, plutôt luxueux, et des supermarchés dans un réseau de larges allées couvertes. Des restaurants bon marché – Chick Fil A, Steak Escape, Ichiban, Le Bon Bistro, etc. – proposent une nourriture préparée que l'on ira ingurgiter sur une des tables du hall restauratoire, dans le brouhaha et les cris des enfants qui se dépensent dans le Kid's Stadium. On a la place. Rien n'est oppressant. L'air est climatisé, il ne fait ni chaud ni froid, on est bien, on s'amuse, puisqu'on est là pour s'amuser.

Southern Point est l'hommage rendu par le capitalisme à l'économie de marché, la nostalgie d'un temps où le commerce ne visait pas qu'au profit et à l'accumulation, mais se vivait comme urbanité, un temps où le marché était un usage du monde et non son despote névrosé.

Le capitalisme veut tuer la société

Il est temps d'expliciter ce qu'est le capitalisme. L'habitude s'est prise de ne pas employer ce mot trop clair, et de stigmatiser le néolibéralisme, pas davantage défini, et dans lequel s'empêtre la gauche. Par exemple, en France, le Parti socialiste énonce que « le libéralisme ne conteste ni l'importance du lien social ni la nécessité d'une régulation politique de l'économie de marché ». Bien. « Il est différent du néolibéralisme ou de l'ultralibéralisme, destructeur de lien social et de régulation. » Ah. Mais comment reconnaître le bon libéralisme du méchant néolibéralisme ?

Arrêtons de tourner autour du pot. Il faut clairement distinguer le libéralisme du capitalisme. Voici comment je l'entends. Le libéralisme vise à émanciper les personnes des déterminations transcendantes et des sujétions définies par un statut acquis à la naissance. Il définit un mode d'organisation des pouvoirs dans la cité, découlant du principe selon lequel chaque citoyen dispose d'un droit égal. Celui-ci se traduit par la liberté d'expression et par la procédure de la démocratie représentative.

Quant au capitalisme, il désigne un processus historique qui se déploie depuis deux à trois siècles. Il arrive présentement à un état de suprématie sur les autres cultures où il manifeste ses plus extrêmes conséquences. Mais qu'est-il ? La discussion à son propos remplit des volumes, mais, bizarrement, on en trouve rarement une définition claire. Celle d'Al Capone, rapportée par *Alternatives économiques*, est sans doute la plus exacte : « Le capitalisme est le racket légitime organisé par la classe dominante. » Mais la franchise d'expression de ce spécialiste pourrait nuire à la sérénité du débat, et je lui préfère une définition plus technique : le capitalisme est un état social dans lequel les individus sont censés n'être motivés que par la recherche du profit et consentent à laisser régler par le mécanisme du marché toutes les activités qui les mettent en relation.

Je distingue « économie de marché » et « capitalisme » en suivant la distinction classique qu'avait opérée l'historien Fernand Braudel. Braudel observait qu'au long de l'histoire s'était développée une économie de marché, coexistant avec d'autres activités et d'autres modes de relation. Selon lui, le capitalisme naissait de l'économie de marché, étendant celle-ci à l'ensemble de la planète. Si la distinction posée par Braudel est féconde, sa définition du capitalisme était assez vague. L'économiste Karl Polanyi a pour sa part montré que ce qui définissait ce que nous appelons capitalisme, c'est la logique poussant à croire que le mécanisme du marché pouvait régir l'ensemble des activités sociales.

Certes, écrit-il, « tous les types de sociétés sont soumis à des facteurs économiques ». Mais seule la civilisation ouverte au XIXe siècle « choisit de se fonder sur un mobile, celui du gain, dont la validité n'est que rarement reconnue dans l'histoire des sociétés humaines, et que l'on n'avait certainement jamais auparavant élevé au rang de justification de l'action et du comportement dans la vie quotidienne ». Pour lui, le « système du marché autorégulateur », c'est-à-dire l'idée que la rencontre de l'offre et de la demande de toute chose peut en régler l'efficace distribution, « dérive uniquement de ce principe ». Dans toutes les sociétés non capitalistes, observe-t-il, s'appuyant sur de nombreux témoignages ethnologiques, « l'homme agit de manière, non pas à protéger son intérêt individuel à posséder des biens matériels, mais de manière à garantir sa position sociale, ses droits sociaux, ses avantages sociaux. Il n'accorde de valeur aux biens matériels que pour autant qu'ils servent cette fin ». Or, dans le capitalisme, « la maîtrise du système économique par le marché a des effets irrésistibles sur l'organisation tout entière de la société : elle signifie tout bonnement que la société est gérée en auxiliaire du marché. Au lieu que l'économie soit encastrée dans les relations sociales, ce sont les relations sociales qui sont encastrées dans le système économique ».

Nous avons là notre guide : sortir du capitalisme, c'est reconnaître aux personnes d'autres motivations pour agir que leur intérêt propre ; c'est aussi ôter à l'économie – la production des biens et leur échange – sa place exclusive dans la société, pour placer au centre de la représentation l'organisation des relations humaines en vue de leur harmonie.

Il y a du travail à faire. Car la représentation du marché comme seule façon d'exprimer les relations sociales a envahi la conscience politique ; voyez par exemple comment le Parti socialiste raisonne en « offre » et « demande » : « Il existe toujours une place pour les logiques collectives, parce que la demande existe, mais aussi parce qu'elles sont évidemment nécessaires. Nous avons ici sans doute davantage un problème d'offre. » Sans doute faudrait-il abaisser le prix de la logique collective pour susciter la demande…

Un aspect remarquable du processus d'aliénation généralisée illustre comment la logique de marché exclusif finit par évacuer la relation sociale la plus élémentaire. Dans la « grande distribution », on tend à remplacer les caissiers et caissières par des machines : le consommateur lui-même fera le travail d'enregistrement – sous l'œil suspicieux des vigiles. Ainsi sera supprimé l'ultime vestige du caractère essentiel de l'échange mercantile – deux personnes qui se parlent – pour ne plus laisser visible que le seul enjeu : la création de profit par des individus réduits à leurs besoins. Cette disparition programmée des humains aux caisses des supermarchés fait songer à ce mot de la philosophe Hannah Arendt : « Le totalitarisme ne tend pas vers un règne despotique sur les hommes, mais vers un système dans lequel les hommes sont superflus. »

D'ailleurs, on va surveiller le consommateur et devancer ses désirs pour lui éviter d'avoir à les formuler. *Le Parisien* décrit les méthodes que préparent les grandes surfaces : « Un univers de bornes et de capteurs, où l'on n'est rien sans son téléphone portable, devenu télécommande. (…) Vous n'avez plus de carte de fidélité ni de carte bancaire. Elles ont été remplacées par votre téléphone. Vous le placez devant un lecteur pour vous identifier. (…) Comme tous les passants, vous êtes discrètement filmé par une multitude de caméras placées dans les vitrines. »

Le consommateur est suivi, identifié, classé, par les objets et les usages mêmes qu'on lui a appris à aimer, téléphone portable, guide de la localisation par satellite, consultation d'Internet. Il reste à lui faire accepter d'être lui-même marqué comme le sont les marchandises : les RFID, ou transpondeurs, alias puces électroniques, se généralisent sur les objets afin de les identifier au cours de leurs déplacements et d'articuler les informations les concernant avec les bases informatiques de gestion. Ils sont peu à peu étendus aux humains : on commence par les prisonniers, avant de le proposer aux malades d'Alzheimer, aux enfants à surveiller. Ensuite…

L'échange sans parole

Ce qui distingue le capitalisme de l'économie de marché – si l'on n'entend pas l'économie dans son sens devenu exclusif de production et de circulation des biens matériels, mais comme organisation des exigences matérielles et symboliques de la vie –, ce qui distingue, donc, le capitalisme de l'économie de marché, c'est que la parole est dans celle-ci essentielle à l'échange, alors que le capitalisme vise une pure « rationalité » par laquelle les agents seraient avertis de ce qui est en jeu par des signes sans équivoque : le prix de l'objet ou du service échangé d'une part, ses qualités d'autre part. Dès lors, l'échange ne nécessiterait pas de parole, mais l'application d'une simple procédure. C'est pourquoi la « science économique » a visé si obstinément à la mathématisation, pour échapper à l'incertitude de la parole, qui ne peut se résoudre que par un enchaînement de mots et de gestes conduisant au constat de l'accord – ou du désaccord – entre les partenaires de l'échange.

Qu'est-ce que l'homme ? La parole ? Cette réponse lapidaire ne saurait, certes, nous satisfaire. Mais, incontestablement, la parole est constitutive de ce qui fait l'homme. « Le langage est aussi caractéristique de l'homme que l'outil », insiste l'anthropologue André Leroi-Gourhan.

Or, le capitalisme, dans sa forme la plus avancée, la plus expérimentale, exclut la parole de l'échange : la pornographie et ses actes sexuels sans préliminaires ; la prostitution muette, une large part du trafic des femmes conduisant à ce que celles-ci se retrouvent dans des pays dont elles ne parlent pas la langue ; l'élimination progressive des caissières et caissiers afin que le client enregistre lui-même les produits qu'il achète ; les bébés, embryons, gamètes, dénués de parole mais de plus en plus échangés ; l'endoctrinement publicitaire préparé par la télévision pour les bébés ne sachant pas parler. L'idéal capitaliste se révèle ici : un univers où les moyens seront parfaitement ajustés aux fins, d'où sera donc éliminé ce facteur d'imprécision, de flou, d'hésitation, de poésie, de jeu, qu'est le théâtre que se jouent les humains quand ils échangent de la nourriture, du désir, du feu ou de l'esprit. Le capitalisme veut éliminer le langage. Si l'on admet l'hypothèse que le langage est une part inséparable de l'humain, le capitalisme veut éliminer l'humain.

C'est pour cette raison que le capitaliste insiste autant sur la technique comme solution de la crise environnementale, qu'il ne compte au fond que sur la technique pour résoudre les problèmes de l'évolution humaine que son déferlement excite et amplifie. Totalement cohérent, il rêve de se passer du langage, c'est-à-dire des humains, en laissant les machines opérer la remise à niveau. Dans la téléologie capitaliste, les machines communiqueront entre elles par le langage numérique définitivement débarrassé, dans ses enchaînements d'algorithmes où chaque chose peut être ramenée à une précision infinitésimale de oui et de non, de 0 et de 1, des innombrables nuances du langage humain, ce verbe libre que ne peut enfermer l'ordre de la rationalité, parce qu'il entretient avec l'esprit une relation jamais rompue mais toujours rebelle.

3

Le mirage de la croissance verte

Pripyat est la plus grande ville fantôme du monde moderne. Elle comptait 47 000 habitants le 26 avril 1986. Aucun, aujourd'hui. Mais ses immeubles et ses bâtiments se dressent toujours comme ceux d'une Pompéi qui ne serait pas en ruine. Cet endroit, un des plus étranges de la planète, est singulièrement oublié.

À la porte de la ville, une barrière, la baraque verte de la police, un chat. Un grillage entoure la ville, peuplée de fantômes. Un boulevard, bordé de barres d'immeubles de cinq ou six étages, conduit à une place centrale où trône le Palais de la culture. Les vitres des bâtiments ont disparu, mais tout semble prêt à l'usage, à peine défraîchi sous le soleil et les ondées du printemps tout neuf.

Des rosiers non taillés fleurissent sur la place Lénine. Les plantes reconquièrent le béton, percent le ciment, les herbes élargissent les jointures entre les dalles. Contournant l'esplanade, on avance vers d'autres boulevards, qui conduisent à une piste d'autos tamponneuses : cette distraction, rare en Union soviétique, récompensait les valeureux pionniers de la plus grande centrale nucléaire du monde, Tchernobyl, située à un kilomètre de la ville où habitaient ses employés et leurs familles. Les autos tamponneuses devaient entrer en fonctionnement le 1er mai 1986.

Cette ville sans voitures et sans humains bruit d'une vie muette, du chant des oiseaux, de l'eau qui ruisselle vers les soupiraux.

On pénètre, par exemple, dans l'ancien hôtel Polissia. Le sol est jonché de bouts de verre et de carreaux brisés, les faux plafonds ont disparu, laissant apparaître le béton où des gouttes se forment avant de claquer au sol dans le silence. Il ne reste plus que des armatures métalliques rouillées. La peinture est écaillée. Sur la terrasse, au huitième étage, des arbres poussent. On voit la centrale, très nettement.

Dépouillée, Pripyat garde une vie étrange, évoquant cet ordre si particulier des villes soviétiques. Tout est si… présent, que l'on s'attend à tout instant à voir quelqu'un paisiblement accoudé à sa fenêtre.

Le jardin d'enfants est très émouvant. Des photos en noir et blanc sont restées fixées au mur, montrant le cours de gymnastique où des enfants en collant suivent les gestes de la maîtresse. Plus loin, on déchiffre des inscriptions peintes en couleurs, telle cette recommandation, « Vivre et travailler comme l'a dit Lénine ». Des peluches, des documents et affiches, des restes de livres scolaires, des poupées, des chaussures jonchent le sol. De petites chaises sont éparpillées, des lits sont alignés dans une pièce. Malgré l'eau qui ronge les papiers et le temps qui a estompé les couleurs, il y a encore plein de vie, comme si les enfants venaient de partir, soudainement. Nulle part plus qu'ici, on ne ressent la réalité de la catastrophe.

Être à Tchernobyl requiert un travail d'imagination puisque la menace est invisible, que la radioactivité est impalpable. Le danger sournois, mais dont les compteurs Geiger attestent la réalité, organise l'espace en zones interdites, en dépôts hétéroclites, en tumulus neigeux où seul un panneau arborant le symbole de la radioactivité dit la présence du poison.

La centrale elle-même, masse énorme mais lisse, édifice monumental, mausolée involontaire, suscite un effroi secret, comme le sépulcre d'une ancienne religion aux croyances oubliées.

Dans le beau parc de Gomel, la grande ville du sud de la Biélorussie, le printemps éclate de vie et les soirées sont douces. Les jeunes filles biélorusses flânent par deux, le tee-shirt découvrant le nombril, les garçons en maillot boivent de la bière en riant, on joue de la guitare, des couples s'embrassent, des enfants courent et, sur la plage de l'autre côté du fleuve, on lézarde au soleil couchant. Mais, malgré son charme printanier, Gomel s'anémie lentement. La cité, distante de cent trente kilomètres de Tchernobyl, est à la lisière des zones contaminées par les retombées de l'accident de la centrale nucléaire ukrainienne. La radioactivité continue d'empoisonner Gomel et tout le sud de la Biélorussie : 1,5 million de personnes vivent dans des zones contaminées, où les sols présentent une radioactivité supérieure à 37 000 becquerels par mètre carré.

Dimitri revient de l'école, avec son copain, et guide les visiteurs vers sa maison d'un village près de Boda-Kotchelevo, à trente kilomètres au nord de Gomel. La campagne est verte, les rues calmes, des vélos passent sur la chaussée poussiéreuse. Comme des milliers d'enfants des régions contaminées, Dimitri n'est pas en très bonne santé, malgré ses grands yeux noirs et sa bonne mine. À l'entrée du potager qui s'étend devant la maison, sa mère, Svetlana, explique ce dont il souffre : des raideurs constantes dans les mains et les jambes, une tension trop basse, de fréquents maux d'estomac. Le gamin écoute, distrait.

Ailleurs, à Gomel. Dans son bureau où parviennent des effluves de soupe aux choux, le directeur de l'hôpital, Viacheslav Ijakovski, indique : « La quantité de maladies parmi les enfants s'accroît constamment. Et le nombre de nouveau-nés présentant des organes mal formés à la naissance est très important : 800 pour la région de Gomel en 2000 pour environ 14 000 naissances, contre 280 en 1995 pour 28 000 naissances. Il est difficile de dire si c'est lié à la radioactivité. Mais les chiffres montrent que les enfants difformes viennent des districts les plus contaminés. »

Bien sûr, on ne peut parler de Tchernobyl sans cesse, « sinon les gens deviendraient fous, poursuit Viacheslav Ijakovski. Mais l'influence en est constante dans la vie quotidienne, dans les villages où les gens vivent des pommes de terre de leur jardin, du poisson qu'ils pêchent, des baies qu'ils ramassent en été dans les forêts ». Autant de voies par lesquelles ils ingèrent le césium radioactif.

L'économie périclite, les entreprises ne s'installent pas, et l'agriculture ne peut se développer, les produits étant toujours suspects de radioactivité.

Étrange époque. On n'a jamais autant parlé de l'énergie nucléaire. Mais ce flot de paroles se déverse comme si elle était à l'abri de tout accident grave, comme si Tchernobyl avait été un simple chaos de l'histoire, une pierre noire étincelante mais météorique tombée par hasard sur le chemin du progrès.

Je frémis quand j'imagine qu'un des cinquante réacteurs que compte mon pays pourrait faillir et rendre inhabitables pour des décennies plusieurs dizaines ou centaines de kilomètres carrés. Car malgré le mutisme coupable des dirigeants, les accidents sont possibles. À plusieurs reprises dans les années récentes, des réacteurs sont passés à un doigt d'un pépin vraiment grave : le 27 décembre 1999, la centrale française du Blayais a subi une grave inondation qui a mis hors service des pompes essentielles à sa sécurité. Le 25 juillet 2006, le fonctionnement de la centrale suédoise de Forsmark était stoppé en urgence – « c'est une pure chance si le cœur n'a pas fondu, commentait Lars-Olov Höglund, un ancien responsable de la centrale, cela aurait pu être une catastrophe ». Le 16 juillet 2007, la centrale japonaise de Kashiwazaki-Kariwa subissait le contrecoup d'un violent séisme ; la principale conséquence était la fuite d'eau radioactive ; un an plus tard, la centrale restait à l'arrêt.

Ces événements se sont produits dans trois pays réputés pour la qualité de leur sûreté nucléaire.

La possibilité qu'un accident grave advienne est enfin officiellement envisagée : la France a constitué en 2007 un « Comité directeur pour la gestion de la phase post-accidentelle d'un accident nucléaire ou d'une situation d'urgence radiologique » (Codirpa). Celui-ci a commencé à réfléchir aux « questions qui nécessitent une anticipation », telles que celle-ci : « Dans le cas où les pouvoirs publics retiendraient un éloignement des populations, du fait des doses susceptibles d'être reçues, le statut des territoires concernés devra être précisé : – L'éloignement des populations a-t-il le statut de simple recommandation ou entraîne-t-il une interdiction absolue de séjour ? – Dans l'hypothèse où l'éloignement est impératif, comment s'assurer du respect de l'interdiction de séjour sur les territoires concernés ? » Comme l'observe un membre du Codirpa, « il est dur d'appréhender le sacrifice d'un territoire pour plusieurs siècles, voire des millénaires ».

« L'énergie du futur », un concept empoisonné

Il est étonnant qu'un procédé technique qui hypothèque autant l'avenir des prochaines générations soit présenté comme l'« énergie du futur ». Il n'y a guère de meilleur symptôme de l'irresponsabilité morale de l'oligarchie présente.

Malcolm Wicks est un homme intelligent et agréable. Début 2008, il était ministre de l'Énergie du Royaume-Uni. Je l'ai rencontré à l'occasion d'un reportage sur l'héritage nucléaire de ce pays. Depuis les années 1950, le Royaume-Uni collectionne les échecs en matière nucléaire et concentre, à Sellafield, dans le Nord-Ouest, une grande quantité de déchets radioactifs et d'usines contaminées, dont il ne sait que faire. Cela ne l'empêche pas de vouloir construire de nouveaux réacteurs. J'interrogeai M. Wicks : « Comment pouvez-vous planifier de nouveaux réacteurs alors que vous n'avez pas de solution pour les déchets produits dans le passé ? – La réponse est que nous pouvons trouver une solution. On va entrer dans un processus sophistiqué et complexe pour en trouver une. Les nouveaux réacteurs seront en service en 2017, selon les optimistes ; les prudents parlent de 2020. Ils marcheront quarante ou cinquante ans. Nous avons du temps pour trouver une solution. – Alors, vous repoussez le problème à la prochaine génération ? – Non, vous ne m'écoutez pas. Ce gouvernement travailliste a dit qu'il fallait trouver une solution, on a mis en place tout ce processus. » Il décrit le « processus », qui consiste à demander à des communes d'accepter d'accueillir des déchets radioactifs pour des milliers d'années, avant de lâcher : « – OK. Avons-nous une solution spécifique ? Non, nous n'en avons pas. Mais nous pouvons être confiants qu'il y aura une solution. Ce n'est pas déraisonnable de commencer à planifier de nouveaux réacteurs qui, oui, produiront des déchets dans cinquante ou soixante ans. »

Dans cinquante ans, nos petits-enfants pourront nous dire : « Merci, Papy, de ce merveilleux cadeau ! »

Aucun pays au monde n'a réglé la question du sort des déchets radioactifs, contrairement à ce que laisse croire le lobby nucléariste. La France, dont le président parcourt la planète en vantant comme un pantin « l'énergie du futur », n'est pas plus avancée que quiconque. L'industrie tente d'imposer un site d'enfouissement à Bure (Meuse), malgré l'opposition des habitants et l'incertitude technique majeure quant au volume des déchets radioactifs à cacher pour l'éternité. Tout à la passion atomique de ses élites, ce pays a réussi à s'enferrer dans un imbroglio unique au monde. Il a choisi de retraiter les combustibles usés sortis des réacteurs. Cette option réduit fortement le volume des déchets les plus radioactifs, mais en multiplie les espèces, notamment en isolant le plutonium. Cependant, comme ce procédé n'est pas rentable, tous les combustibles ne sont pas retraités, et la France se retrouve, en sus des déchets concentrés issus du retraitement et du plutonium, avec des combustibles usés, tout aussi radioactifs, mais moins chauds et plus volumineux. De surcroît, la France développe le Mox, un combustible mélangeant plutonium et uranium : une fois utilisé en réacteur, il est encore plus chaud et plus radioactif que les autres combustibles nucléaires. Si bien que le pays se retrouve avec trois catégories de déchets dangereux et différents, qui impliquent chacun une solution technique particulière. Et dont aucune n'a été trouvée.

L'impasse mondiale des déchets est telle que les cénacles nucléaristes caressent l'idée de stocker les déchets de plusieurs pays dans un endroit où la population ne protesterait pas. En

Russie, par exemple, qui n'a pas de site d'enfouissement, mais entrepose ses combustibles usés à Krasnoïarsk, en Sibérie. Ou dans le désert chinois, pour l'Asie. Des nations où la possibilité pour les citoyens de connaître et discuter ce qu'on leur fait est, comme chacun sait, immense.

Les déchets nucléaires constituent un problème moral insoluble. Au nom de quoi léguer pour des milliers d'années à des centaines de générations des produits toxiques qui n'auront servi au bien-être que de deux ou trois générations ?

Le nucléaire, un leurre contre le changement climatique

Les voyageurs de commerce qui vantent l'énergie nucléaire aux quatre coins de la planète militent activement pour la prolifération des armes atomiques. Le fait est clairement enregistré par les chefs d'état-major – à la retraite – des principales armées occidentales. Dans un rapport destiné à la direction de l'OTAN (Organisation du traité de l'Atlantique Nord), ils écrivaient en 2008 qu'« une croissance significative d'énergie nucléaire pour un usage civil (…) générera des risques de sécurité majeurs. La tentation d'enrichir l'uranium au-delà de son usage civil et de détourner le plutonium ainsi produit augmentera certainement et minera le Traité de non-prolifération nucléaire ». Pour ces sommités militaires, le développement du nucléaire induit une prolifération inévitable.

Le grand écart auquel sont contraints les promoteurs du nucléaire se lit clairement dans l'affaire iranienne. Rappelons-en le noyau technique, sans lequel on ne peut pas la comprendre. La très grande majorité des réacteurs nucléaires requièrent pour fonctionner un uranium « enrichi » en une certaine proportion d'uranium plus lourd. Pas d'uranium enrichi, pas de réacteur. Il est donc assez logique que les principales puissances nucléaires aient cherché à s'assurer de capacités autonomes d'enrichissement. Il est également logique que de grands pays émergents voulant utiliser l'énergie nucléaire veuillent se doter d'usines d'enrichissement. C'est le cas de l'Iran. Mais comme un uranium très enrichi permet de fabriquer des bombes atomiques, qui dit usine d'enrichissement dit bombe atomique.

Les pays occidentaux voudraient donc que l'Iran renonce à cette capacité d'enrichissement. Ils reconnaissent ainsi que l'énergie nucléaire est un facteur majeur de prolifération. Mais au nom de quoi dénier aux pays émergents le droit d'enrichir eux-mêmes leur uranium ?

Accidents, déchets, prolifération. Cependant… l'énergie nucléaire n'émet pas de gaz carbonique.

C'est exact. Maintenant, réfléchissons.

Il y avait, fin 2007, 436 réacteurs en service dans le monde, représentant une capacité électrique de 352 gigawatts (GW). Cette capacité stagne depuis 1990, et n'assure que 16 % de la production d'électricité mondiale. Des experts indépendants, Antony Froggatt et Mycle Schneider, ont rassemblé les prévisions d'augmentation de cette capacité d'ici à 2030, établies par l'Agence internationale de l'énergie (AIE), le ministère de l'Énergie des États-Unis, l'Agence internationale de l'énergie atomique, le secrétariat de la Convention des Nations unies sur le changement climatique. La prévision la plus élevée situe le nucléaire à 833 GW, soit une multiplication par 2,4 du parc actuel, ce qui supposerait la mise en service d'environ 610 réacteurs sur la période, soit 25 par an. C'est dix-sept fois plus que le nombre net de réacteurs mis en service chaque année entre 1990 et 2005. Ce chiffre ne sera pas atteint. Pour une raison simple : investir dans le nucléaire est très coûteux – de cinq à douze milliards de dollars le réacteur, relève le *Wall Street Journal* –, même si l'on ne compte pas plus qu'aujourd'hui le coût de la gestion multimillénaire des déchets.

Mais que représenteraient ces hypothétiques 610 réacteurs, en termes d'émissions de dioxyde de carbone ? L'AIE, qui est pourtant une ardente avocate de l'énergie nucléaire, a fait le calcul : la mise en service annuelle de 30 GW conduirait à une réduction des émissions de… 6 % en 2050.

Le jeu n'en vaut pas la chandelle.

J'ai insisté sur le cas du nucléaire parce qu'il est symptomatique de la façon dont le capitalisme aborde la question du changement climatique. Il s'agit essentiellement de faire croire, sur la base de raisonnements simplistes – « la solution miracle que voici n'émet pas de gaz à effet de serre » – et en arguant d'une augmentation des besoins énergétiques mondiaux présentée comme inévitable, que l'on pourra pérenniser le système économique actuel sans en changer les déterminants fondamentaux. J'ai fini par comprendre cette logique au bout d'une quête anxieuse des « solutions » poursuivie par la grâce de mon métier de journaliste. Laissez-moi vous en conter quelques scènes.

Un vent trompeur

Comme tout un chacun, j'étais persuadé des vertus de l'énergie éolienne. Jusqu'à ce que l'alerte d'un écologiste, que j'avais croisé auparavant et dont je ne doutais pas des convictions, me mette la puce à l'oreille. Dans un article publié en 2004, Yves Verilhac, alors directeur du Parc naturel des monts d'Ardèche, expliquait comment les éoliennes proliféraient dans les campagnes au mépris des paysages. Il écrivait : « Placées dans le champ du gaspillage et de la surcroissance, les énergies renouvelables ne sont pas compétitives : elles représentent quelques gouttes dans un océan. Faute d'une politique énergétique cohérente, les éoliennes perdent de leurs vertus initiales. » Peu après, je voyais dans le sud du Massif central, une région que je connais assez bien et qui présente la rare particularité d'être encore à peu près préservée du mitage résidentiel et autres artefacts de la civilisation moderne, les projets d'éoliennes se multiplier comme champignons après la pluie. On s'apprêtait – on s'apprête toujours, en 2009 – à garnir d'aérogénérateurs toutes les crêtes et éminences de ces beaux pays, par ailleurs relativement peu consommateurs d'énergie, et bien pourvus en d'autres énergies renouvelables intéressantes, comme le bois, la géothermie ou le soleil. Cette prolifération annoncée se faisait au nom de l'écologie. Quelque chose ne collait pas.

J'entamai mon enquête. Je n'ai jamais aussi bien mangé qu'à cette occasion : les entreprises d'éoliennes qui m'invitaient à déjeuner avaient une prédilection pour les restaurants situés autour des Champs-Élysées. Le Syndicat des énergies renouvelables m'emmena au Club Saint-James, un club privé pour oligarques situé dans un château du XVIᵉ arrondissement ; nous nous délectâmes dans la confortable bibliothèque. J'allai aussi dans les provinces profondes, ce rural qui aime à se penser oublié, visiter des maires, justement désireux de toucher la taxe professionnelle apportée par les éoliennes, des écologistes fanatiques tellement antinucléaires qu'ils voulaient des éoliennes partout, des paysans gênés par le bruit ou la vue de ces mâts de plus de cent mètres de haut qui venaient de pousser au coin de leurs champs, des ruraux sincèrement effarés de cet « éolien industriel » qui envahissait ces terroirs qu'ils faisaient vivre avec amour, des citadins qui trouvaient ça beau, les éoliennes, vues de l'autoroute ou du TGV. Bref. Une plongée dans les contradictions de la France profonde.

Plusieurs constats émergèrent. D'abord, les éoliennes allaient artificialiser les rares étendues encore écartées de l'univers urbain. Tant par leur distance de visibilité que par leur superficie d'implantation et par les voies d'accès qui leur sont nécessaires, elles occupent un espace important et fragmentent un peu plus les milieux campagnards. Je découvrais que le paysage, la biodiversité, le silence étaient des valeurs qu'une certaine écologie a complètement oubliées. Ensuite, je constatai que toutes les grandes entreprises qui produisent de l'électricité par le charbon ou par le nucléaire investissent dans l'éolien, tout en continuant à investir dans les autres techniques : Areva, Suez, EDF, Endesa, E.ON, Enel, etc. Pour elles, il n'y a aucun changement de modèle énergétique en jeu, seulement une opportunité à saisir dans la compétition en cours entre grands producteurs. Le mot d'ordre reste : produire.

Et voici que M. Boone Pickens annonçait son intention de construire la plus grande ferme éolienne du monde au Texas – 2 000 machines sur 100 000 hectares. Ce cher Boone Pickens ! Directeur du fonds spéculatif BP Capital Management, il m'avait étonné, trois ans auparavant, en gagnant, en une seule année, 1,4 milliard de dollars ! Je sentais, de plus en plus, que l'avenir de la planète était en de bonnes mains. On était à mille lieues du « *small is beautiful* » de Schumacher, cette bible des écolos dans les années 1970…

Je rentrai alors dans les dossiers. Un calcul simple montrait que, juste pour couvrir les 2 % d'augmentation de la consommation d'électricité de la France entre 2004 et 2005, il fallait environ 2 000 éoliennes de 2 MW. Je découvrais que, pendant que l'on battait les estrades avec cette énergie propre, faisant croire à l'opinion publique que les choses allaient dans le bon sens, on édifiait en France un nouveau réacteur nucléaire à Flamanville (Manche), et l'on programmait la construction de plus de 10 000 MW de capacité en centrales thermiques, au gaz, au fioul et au charbon ! Le constat était le même pour l'Europe, où la consommation électrique croît de 2 % par an et où l'on planifie quarante nouvelles centrales électriques au charbon d'ici 2012. Enfin, il apparaissait que les pays en pointe pour l'équipement en éoliennes, l'Allemagne et l'Espagne, n'avaient pas vu pour autant leurs émissions de gaz carbonique décroître : précisément, les émissions par habitant provenant du secteur de l'énergie augmentaient de 1,2 % entre 2000 et 2005 pour l'Allemagne, de 10,4 % pour l'Espagne. Seul le Danemark était parvenu à les faire reculer (– 11 %), ce pays ayant réalisé des efforts réels d'économies d'énergie.

Le bilan ? Les éoliennes ne changent pas la donne énergétique. Comment s'explique ce paradoxe ? Parce que le capitalisme ne les met pas en œuvre pour répondre au changement climatique, mais pour réaliser un profit, la recherche de l'avantage environnemental étant accessoire. En pratique, elles ne font que participer à la frénésie de construction de capacités électriques de toutes sortes engagée dans les pays occidentaux. Cela découle du dogme intangible selon lequel il est inéluctable d'augmenter la consommation électrique. En France, par exemple, RTE (Réseau de transport d'électricité) assure que celle-ci devrait croître en France de 1,7 % par an jusqu'en 2010, puis de 1,2 % par an. On extrapole les tendances antérieures, et on exclut *de facto* une politique sérieuse de réduction de la consommation d'électricité. Dans cette optique, le développement des énergies renouvelables ne sert que d'alibi écologique à une politique inchangée, de contrefort au capitalisme destructeur de l'environnement.

Des forêts pour les voitures

C'est un paysage d'après la bataille, une bataille livrée à la nature. Sol bouleversé, troncs calcinés, mares boueuses, la terre est transformée en un désert d'où n'émergent, dans des creux, que de jeunes et petits palmiers. On avance sous une chaleur pesante, coiffée du ciel gris, dans un silence que ne rompt aucun chant d'oiseau, aucun souffle de vent. Un canal d'eau morte longe la piste jaune. Au loin, sur la droite, une espèce de bulldozer se meut comme un cafard d'après la catastrophe. Et droit devant, à plusieurs kilomètres, un mince rideau sombre qui se révèle être, à mesure que l'on progresse sur la terre dévastée, une forêt. La marche se poursuit sans joie, randonnée funèbre, avant que l'on atteigne la sylve, ébouriffant jaillissement de végétation, mais tranché comme au rasoir par le tapis sec qui a remplacé, jusqu'à cette frontière qui sépare la vie de la mort, la forêt qui recouvrait le sol naguère.

Les arbres, les fougères, les troncs renversés, les ronces griffues s'opposent maintenant à la progression. La forêt vierge, quoique lumineuse – la canopée ne la recouvre pas toute –, mérite sa réputation d'impénétrabilité. À peine a-t-on avancé, difficilement, de quelques mètres que le villageois qui nous accompagne, muet jusque-là, se met à décrire les arbres dans une jungle de mots : voyez un medang, dont on fait des meubles, là, un jelutung, qui fournit un caoutchouc rouge, voici le kempas, très solide, qui fonde les maisons, celui-là, très haut, est le sialang, qui procure un miel déli-

cieux, et regardez encore le simpo, le meranti, le bengku…
Sans doute pourrait-on continuer un inventaire de fruits,
d'insectes, d'oiseaux, évoquer aussi les cerfs, les sangliers,
les tigres – « On en a attrapé un il y a quelque temps » – et les
singes, très nombreux, paraît-il.

Nous sommes près de Kuala Cenaku, à quarante kilomètres
de Rengat, district d'Indragiri Hulu, province de Riau, île de
Sumatra, Indonésie. Autant dire au bout du monde. Mais ici
continue à se jouer l'ancestrale lutte entre l'homme et la forêt,
entre la civilisation et la barbarie. Sauf que les rôles sont
aujourd'hui inversés : les barbares sont ceux qui ont rasé la
sylve, où les villageois avaient leurs habitudes et leurs ressources : « On y allait souvent pour prendre le rotin, le caoutchouc, des fruits, à manger ou à vendre, dit Pak Hitam, notre
guide. Et on pêchait dans les rivières, on pouvait gagner
2 millions de roupies par semaine (145 euros). Cela a changé
quand les compagnies sont venues, ont coupé les arbres et
creusé les canaux. La forêt est maintenant trop loin du village,
et les produits de culture qui coulent dans la rivière ont fait
fuir les poissons. »

La lutte remonte aux années 1990. Les villages qui longent la
rivière Indragiri avaient alors dû batailler contre la compagnie
d'État Inhutani, qui coupait les arbres, ici comme ailleurs,
sans ménagement. Plusieurs manifestations ont été nécessaires pour que le gouvernement change le régime d'exploitation forestière. « Mais après avoir été dans la gueule du tigre,
nous nous sommes retrouvés dans la gueule du crocodile »,
dit Mursyid M. Ali, le chef du village de Kuala Cenaku. Une
autre compagnie, Duta Palma, est arrivée en 2004, exhibant
des permis officiels de création de plantations de palmiers à
huile. Elles ont commencé à couper la forêt, à la brûler, à
planter des pousses de palmiers. À Sumatra, il n'y a pas de

titre de propriété foncière, seulement des titres coutumiers, qui ne pèsent pas lourd face aux permis donnés par le gouvernement régional. BBU et BAY, les filiales de Duta Palma, ont dévasté par le feu les forêts les plus éloignées, mais aussi celles que les villageois avaient coutume d'utiliser.

Comme le terrain est constitué de tourbe, le feu peut y durer plusieurs semaines. Il est souvent arrivé que la fumée obscurcisse les villages, piquant les yeux des motocyclistes ou faisant tousser les enfants. Plusieurs manifestations n'ont rien changé. Les villageois s'attendent avec le fatalisme des gens dénués de pouvoir à ce que les compagnies achèvent leur entreprise.

Cent kilomètres carrés de forêt vierge détruite, dans un coin ignoré du monde. Une petite histoire. Mais parmi des dizaines d'autres : dans la province de Riau, grande comme la Suisse, se trouve le dernier pan de forêt primaire qui recouvrait naguère tout Sumatra. Elle attire les plantations de palmiers à huile, qui se sont multipliées en Indonésie et en Malaisie depuis trente ans : la production de ces deux pays est passée d'environ 5 millions de tonnes en 1976 à 34 en 2006. C'est que le palmier *(Elaeis guineensis)* est d'un très bon rendement énergétique, et fournit une huile très appréciée dans les pays émergents d'Asie qui modifient leur régime alimentaire. Depuis quelques années, un nouveau stimulant est apparu : l'huile est un bon agrocarburant, que veulent utiliser l'Europe, la Chine et l'Inde. La demande est si forte que l'on développe maintenant les palmiers à huile à Bornéo et en Papouasie. Et à Kuala Cenaku, Duta Palma continue son ouvrage.

Des pans entiers de forêt primaire disparaissent pour laisser place aux agrocarburants. Ceux-ci, parce que produits à partir de plantes, sont censés permettre d'éviter les émissions de gaz carbonique du pétrole auquel ils se substituent. Très discutable partout, cet axiome est totalement faux à Sumatra où on a défriché par le feu pour laisser la place aux palmiers, enflammant les tourbières sous-jacentes. Comme celles-ci concentrent du carbone en quantités énormes, les feux de tourbières ont recouvert plusieurs fois la région d'un épais nuage de fumée âcre, rejetant dans l'atmosphère des millions de tonnes de gaz carbonique. Une étude publiée fin 2007 sous l'égide du Programme des Nations unies pour l'environnement estime que les émissions de CO_2 des tourbières représentent près de 3 milliards de tonnes par an, soit 10 % du total mondial des émissions et davantage que les émissions liées à la déforestation. Les deux tiers proviennent d'Asie du Sud-Est – ce qui ferait de l'Indonésie le troisième émetteur mondial de gaz à effet de serre.

L'huile de palme est le cas le plus caricatural d'une industrie des agrocarburants qui va à l'encontre des objectifs qu'elle affiche. Les rapports d'experts se sont succédé depuis 2003 pour conclure que le gain énergétique et environnemental en est nul ou négatif. Même la canne à sucre brésilienne, qui présente un bilan énergétique favorable (elle produit plus d'énergie que n'en requiert sa production), étend ses cultures en repoussant l'élevage et d'autres cultures alimentaires vers l'Amazonie, dont elle stimule ainsi le défrichage.

Mobilisant des terres arables pour fournir de l'essence plutôt que de la nourriture, les agrocarburants contribuent à la crise alimentaire. L'organisation britannique Oxfam estime qu'ils ont ainsi « mis en danger la vie de 100 millions de personnes ».

Il est revenu à Olivier de Schutter, rapporteur des Nations unies pour le droit à l'alimentation, de résumer ce que sont réellement ces cultures : « La production de colza, l'huile de palme qui détruit les forêts en Indonésie, l'utilisation d'un quart de la récolte de maïs aux États-Unis, c'est un scandale, qui sert uniquement les intérêts d'un petit lobby, avec l'argent du contribuable. »

Un rêve durablement enfoui

Olav Kaarstad, conseiller spécial de StatoilHydro, est un peu gêné : « – Oui, la plate-forme émet du CO_2. – Combien ? – Je n'ai pas le chiffre exact. – 900 000 tonnes par an ? » Le responsable de la sécurité intervient : « Oui, c'est bien ça, 900 000 tonnes. »

La scène se passe en pleine mer, à deux cents kilomètres de la côte norvégienne, sur la plate-forme Sleipner A de la compagnie StatoilHydro. Cette impressionnante structure extrait tous les jours du fond sous-marin 39 millions de m^3 de gaz. À elle seule, Sleipner assure 3 % des importations de gaz de l'Union européenne.

Mais ce qui rend Sleipner remarquable n'est pas tant sa production que le fait qu'elle est une pionnière de l'enfouissement du gaz carbonique. La technique de capture et de stockage du carbone (CSC) est l'une des voies les plus prometteuses pour limiter l'accroissement de l'effet de serre. Séquestré sous terre pendant des milliers d'années, le dioxyde de carbone resterait en effet à l'écart de l'atmosphère. Et Sleipner est La Mecque des spécialistes de cette technique toute jeune : depuis 1996, StatoilHydro y réinjecte le gaz carbonique contenu dans le gaz qu'elle extrait.

Comment cela se passe-t-il ? Le gaz du champ de Sleipner ouest est naturellement riche en CO_2, jusqu'à 9,5 %, au lieu de 2,5 % sur les autres sites d'exploitation de la mer du Nord. Pour le ramener à ce taux, qu'exigent les clients, il faut séparer le CO_2 en excès. Cette séparation est effectuée grâce à des composés organiques, appelés amines, qui ont la propriété de fixer les molécules de dioxyde de carbone.

À ce stade, on pourrait rejeter le gaz carbonique vers les nuages qui plombent, impavides, le ciel de la mer du Nord. Mais, en 1992, la Norvège a instauré une taxe sur le CO_2 émis dans l'atmosphère. Du coup, il devenait rentable d'enfouir le gaz carbonique. L'opération se fait en comprimant le gaz, puis en l'injectant dans un aquifère salin, une couche géologique située à huit cents mètres de profondeur. Un million de tonnes sont ainsi enfouies chaque année. Des géologues britanniques, danois, français font régulièrement des analyses. Ils concluent que le stockage est étanche.

J'étais depuis longtemps curieux de découvrir cette technologie prometteuse : les spécialistes d'écologie ont besoin d'espoir, eux aussi ! Hélas. Je comprenais sur place la limite économique du procédé. En effet, le fonctionnement de l'énorme usine qu'est la plate-forme requiert une centrale électrique de 80 MW, qui émet du gaz carbonique, à laquelle s'ajoute une centrale de 6 MW pour comprimer le gaz à enfouir, elle aussi émettrice. De surcroît, du CO_2 est mélangé aux impuretés évacuées par la torchère dont la flamme orange scintille dans le ciel gris. Au total, 900 000 tonnes de dioxyde de carbone sont ainsi rejetées dans l'atmosphère.

D'un côté, donc, Sleipner enfouit un million de tonnes de CO_2. De l'autre, elle en rejette 900 000 tonnes dans l'atmosphère. Pourquoi ne pas tout enfouir ? Parce que capter le CO_2 est coûteux. Le captage de celui contenu dans le gaz doit se faire obligatoirement afin de l'adapter aux exigences des clients, et la taxe boucle l'équation économique. En revanche, elle n'est pas assez élevée pour rivaliser avec les coûts de séquestration du CO_2 émis par le fonctionnement de la plate-forme. Même dans une entreprise qui se targue d'être pionnière dans ce domaine.

Ainsi, malgré les discours favorables à la CSC, très peu d'expériences en grandeur réelle sont en fait mises en place. Appliquée aux centrales électriques, la technique représente un surcoût allant de 20 % à 40 %, que peu de compagnies sont prêtes à consentir. Pourtant, même si la technique n'est pas absolument validée – le CO_2 ne pourrait-il pas s'échapper ? –, elle présente un potentiel énorme : l'association écologiste norvégienne Bellona affirme que « si cette technique était développée à son plein potentiel, les émissions de CO_2 pourraient être réduites de 240 milliards de tonnes dans le monde entre maintenant et 2050 », soit un cinquième des émissions d'ici à 2050.

L'Union européenne envisage la construction de douze démonstrateurs, c'est-à-dire autant de centrales électriques équipées d'un captage de CO_2 et d'un dispositif d'injection en sous-sol. Mais les 6 milliards d'euros nécessaires à leur financement ne sont pas réunis. Et, en janvier 2008, les États-Unis ont de leur côté annulé le projet FutureGen : trop onéreux. Or, le surcoût par rapport à une centrale électrique normale est tel que le secteur privé ne financera pas les démonstrateurs. Et pendant ce temps les centrales thermiques à charbon se multiplient, en Chine, en Inde – et en Occident.

Au pays de l'or sale

Le petit Cessna s'élève au-dessus de la piste. Il vire sur l'aile, et le voyageur contemple un manteau ondulé de forêt verte, que traverse un fleuve aux courbes nonchalantes.

Vision fugace. Le décor change brutalement. Maintenant les arbres ont disparu, la terre est décapée, exhibant de vastes superficies de sol brun et nu que parcourent des bulldozers et des camions qui avancent comme au ralenti.

Voici une immense usine : un enchevêtrement de tuyaux et de cubes métalliques d'où émergent des colonnes de fumée qui montent haut dans le ciel. Sur le sol arasé s'éparpillent de grandes plaques jaunes (des entrepôts de soufre), de vastes lacs aux teintes mordorées (des bassins de rétention d'eaux polluées), des alignements de parallélépipèdes blancs (des camps de travailleurs), puis à nouveau le sol retourné, des usines, des lacs salis. Au loin, on aperçoit la forêt et d'autres taches brunes, comme un cancer qui gagnerait sur la sylve.

Ici, c'est l'Arabie saoudite – pardon, l'Alberta. Une province de l'Ouest canadien qui recèle dans son sol 174 milliards de barils de pétrole sous forme de sables bitumineux, ce qui fait du Canada la deuxième réserve de pétrole du monde, derrière le royaume de Riyad (260 milliards de barils), devant l'Iran (126), l'Irak (115) et le Koweit (90).

La hausse du prix du pétrole a transformé la citrouille boréale en carrosse énergétique. À 20 dollars le baril, creuser des tonnes de terre imbibée de bitume, séparer l'hydrocarbure gluant du sable à grand renfort d'énergie et d'eau, transformer la mixture en pétrole avec moult produits chimiques présentait un intérêt économique limité. À partir de 40 dollars, c'est devenu une bonne affaire. Et quand le baril eut franchi la barre des 100 dollars, cela transforma un massif d'immenses forêts dont personne ne se souciait, hormis les autochtones, en un pactole où se précipite le gotha pétrolier.

Pour ceux que les arbres, les castors et les orignaux indiffèrent, cette ruée vers l'or noir est fascinante. Fort McMurray en est l'épicentre, ancien poste de trappeurs transformé en gros bourg puis en ville dont la population (80 000 habitants) double tous les dix ans. Ses abords sont un chantier perpétuel où les lotissements repoussent la forêt. La zone industrielle pourrait être un Salon permanent d'engins de travaux publics. Sur l'autoroute en cours d'élargissement, de longs camions chargés de poutrelles métalliques ou de troncs d'arbres croisent camionnettes et pick-up dans un flux incessant.

La main-d'œuvre qualifiée n'est jamais assez nombreuse pour creuser, bâtir, transformer, et tout le Canada se retrouve ici, en provenance notamment des provinces pauvres de l'Est. La grande majorité de ceux qui travaillent dans les compagnies exploitant les sables gagne de bons salaires – et s'ennuie. Le week-end, dans la ville boueuse où les pick-up constituent une bonne moitié du parc automobile, les hommes, casquette vissée sur la tête, vaquent entre le casino et le centre commercial aux nombreuses bijouteries, en attendant le principal événement culturel présenté par le night-club Cowboys, un concours de tee-shirts mouillés.

Le véhicule de Leo, le chef d'équipe d'une entreprise de construction, arbore un fanion au bout d'une tige de deux mètres de haut, comme presque toutes les camionnettes de la ville. C'est pour se faire voir des plus gros camions du monde quand il va travailler dans les mines de sables. Les conducteurs de ceux-ci sont perchés à plusieurs mètres de haut, au volant d'engins capables de charrier 400 tonnes de terre. Un spectacle : les camions avancent prudemment sur leurs énormes roues – plus hautes qu'un homme de grande taille – après avoir été chargés par des excavatrices grosses comme des immeubles de quatre étages.

Des concessions ont déjà été accordées sur près de 50 000 km^2, le dixième de la superficie de la France. Entre 1995 et 2010, selon le gouvernement de l'Alberta, les compagnies auront investi l'équivalent de 100 milliards d'euros dans le développement de l'exploitation des sables bitumineux. La production, qui dépassait en 2007 un million de barils de pétrole par jour (1,2 % de la production mondiale) pourrait quadrupler d'ici à 2015.

Face à cette pluie de dollars qui bouleverse l'Alberta, un seul écueil. Énorme. L'écologie. On découvre un taux alarmant de cancers chez les communautés indigènes alentour. Incriminée : l'eau de la rivière Athabasca, dans laquelle les compagnies rejettent des effluents mal épurés. La constitution de grands lacs artificiels, dans lesquels elles se débarrassent de l'eau polluée issue des processus industriels, est un autre problème. L'eau est si toxique que des coups de canon sont régulièrement tirés pour empêcher que les oiseaux migrateurs ne s'y posent – et en meurent. Car, pour extraire l'huile noire des sables, il faut beaucoup d'eau, prélevée dans l'Athabasca : environ trois barils d'eau pour un baril de pétrole. En 2006, un chercheur de l'université de l'Alberta, David Schindler, a déclenché l'alarme dans la revue de l'Académie des sciences des États-Unis : la conjonction du développement de l'extraction des sables et du changement climatique va provoquer « une crise grave quant à la quantité et la qualité de l'eau dans la région ».

La pollution générée par la transformation du sable en pétrole provoque aussi des pluies acides qui se font sentir jusqu'au Québec. Sur la forêt boréale, les séquelles sont lourdes : des milliers d'hectares sont déboisés pour laisser place à l'exploitation. À quoi s'ajoute la multiplication des voies d'accès, camps de travailleurs, villes nouvelles, oléoducs, qui détruisent ou fragmentent le massif forestier du nord de l'Alberta, jusque-là intact.

L'impact n'est pas seulement régional, mais mondial. Il faut beaucoup d'énergie pour séparer le pétrole de la terre.

L'industrie des sables a largement contribué à la croissance des émissions de gaz à effet de serre par le Canada dans les récentes années : + 26 % depuis 1990, alors que le pays s'est engagé par le protocole de Kyoto à les réduire de 6 %. Le pétrole lui-même est brûlé dans les automobiles américaines, contribuant aussi aux émissions mondiales. Tout cela annule les gains d'émissions de CO_2 que l'on pourrait faire par ailleurs.

L'effet pervers de la hausse du prix de l'énergie dans le système capitaliste est qu'elle stimule l'exploitation de réserves jusque-là marginales de pétrole, et va donc accroître les émissions de gaz à effet de serre. Si les sables bitumineux au Canada – et au Venezuela – sont déjà entrés dans le circuit, les compagnies lorgnent avec impatience sur le pétrole enfoui sous les eaux glacées de l'Arctique. Bientôt, la fonte de la banquise due au réchauffement le rendra accessible…

Trois leçons sur le capitalisme

Que retenir de ce voyage sur la planète énergétique ?

Le nucléaire n'est pas la solution. Les éoliennes, dans le système actuel, ne changent pas la donne. Les agrocarburants pas davantage, avec des effets pervers désastreux. L'espoir placé dans la capture et la séquestration du carbone ne se réalisera pas, s'il se concrètise, avant plusieurs décennies. Le charbon, émetteur de CO_2, va rester le principal combustible des centrales électriques. La hausse des prix du pétrole rend profitable l'exploitation de ressources fossiles jusque-là marginales, qui pourraient maintenir la production pétrolière, et donc les émissions de gaz carbonique, à un niveau élevé.

Je pourrais détailler le cas d'autres technologies avancées par les promoteurs de la « croissance verte » – agrocarburants de deuxième génération, véhicules à hydrogène, fusion thermonucléaire, quatrième génération de réacteurs nucléaires, autos électriques, arbres génétiquement modifiés, j'en passe. Elles induisent souvent des effets secondaires très néfastes. Et ne présentent pas dans leur état de développement actuel des performances suffisantes pour répondre au problème des années à venir. On ne peut exclure qu'elles y parviennent, mais pas avant 2040 à une large échelle.

Ce tableau est désespérant si l'on reste dans le cadre de la pensée dominante. Trois idées, pour ce qui concerne la question écologique, la structurent :

– La technologie résoudra le problème, sans que l'on ait à changer en profondeur le mode de vie occidental, ni la répartition des richesses, paramètre essentiel, mais toujours tu. Et le développement de ces technologies permettra la relance d'une croissance... profitable. « Tous les milieux économiques d'Europe ou d'Amérique, écrit le journaliste Éric Le Boucher, sont maintenant convaincus que l'écologie peut être une fabuleuse source de profits. »

– La consommation d'énergie va continuer à croître – y compris dans les pays riches –, la croissance du PIB va se poursuivre, la multiplication de la richesse va continuer comme depuis deux cents ans. L'ex-président Bush exprimait l'axiome de base de cette pensée : « Dans ce nouveau siècle, le besoin d'énergie ne fera que croître. » De son côté, l'Agence internationale de l'énergie adopte comme hypothèse macro-économique que le produit intérieur brut des pays européens et du Japon va doubler d'ici à 2050, et que celui des États-Unis va être multiplié par 2,5 ! Et un économiste, Jean-Paul Fitoussi, prévoit tranquillement que, dans un siècle, nos petits-enfants seront huit fois plus riches que nous.

– Le changement climatique est le problème. On oublie le caractère global de la crise écologique. Pourquoi ? Parce que le système n'a pas de solution à la crise de la biodiversité ou à la dégradation des océans, alors qu'il pense trouver dans la question climatique, traduite en pure question énergétique, un stimulant pour la création de nouvelles technologies, donc une source de profit.

Si l'on reste dans ce triptyque d'idées, il n'y a pas de solution à la crise écologique, elle ne peut aller qu'en s'aggravant.

La survie de l'espèce humaine comme paramètre économique

Comment sortir de ce cadre ? Pour le savoir, il nous faut réfléchir à l'enjeu temporel, qui est littéralement vital. Il a été formulé par le philosophe Hans Jonas comme la responsabilité de notre génération à l'égard des générations futures. Le terme de « développement durable » en est la transcription politique, opérée par le rapport des Nations unies, dit Brundtland, publié en 1987 : « un développement qui répond aux besoins des générations du présent sans compromettre la capacité des générations futures à répondre aux leurs ». Sa traduction économique revient à la question : quel est le coût de l'avenir ?

Elle a été discutée entre spécialistes, sans être tranchée, à propos du démantèlement des centrales nucléaires et du traitement des déchets radioactifs. On pourrait l'énoncer ainsi : le coût de la gestion des déchets nucléaires pendant des millénaires est-il inférieur à la valeur de l'électricité produite par une centrale nucléaire pendant cinquante ans ? Ceux qui promeuvent l'énergie nucléaire estiment que celle-ci existera toujours, et que la technologie permettra à un terme indéterminé de recycler les déchets. Ainsi, les dépenses dans le long terme seront compensées par les bénéfices tirés de l'exploitation des centrales qui existeront alors. Mais admettons que les générations futures décident de ne plus utiliser l'énergie nucléaire. Alors, le soin de veiller sur les nuisances à très long terme créées par une activité qui aura disparu restera à leur charge, et pourtant elle ne leur sera d'aucune utilité.

Comme les générations futures n'ont pas voix au chapitre, la décision leur est *de facto* dictée par la génération présente. Les nucléaristes imposent au futur une charge correspondant au bénéfice du présent, sans pour autant démontrer qu'il garantit un meilleur avenir.

Le problème économique du long terme a été posé de nouveau, avec plus d'éclat, par Nicholas Stern. Celui-ci, économiste réputé, a réalisé à la demande du gouvernement britannique un rapport publié fin 2006 sur les conséquences économiques du changement climatique. Il a eu un retentissement mérité au sein de l'oligarchie et de l'opinion publique. Il concluait que, si rien n'est fait rapidement pour prévenir l'augmentation des émissions de gaz à effet de serre, des perturbations d'une ampleur comparable à celles provoquées par les grandes guerres mondiales et la crise de 1929 se produiront dans les deux siècles à venir.

Il est essentiel de comprendre le raisonnement qui a conduit à cette conclusion. Stern a repris la description qu'avait faite le GIEC (Groupe intergouvernemental d'experts sur l'évolution du climat) des dommages que pourrait occasionner le changement climatique. Il a cherché à les évaluer monétairement, puis à comparer cette évaluation au montant que coûteraient les mesures de prévention du changement prises aujourd'hui.

Le raisonnement économique se présente ainsi : une somme X dépensée aujourd'hui pourrait empêcher demain un dommage de valeur Y. Du point de vue économique, il est rationnel de dépenser X si X est inférieur à Y. Sinon, mieux vaut utiliser la ressource X à d'autres fins plus agréables.

La difficulté est que, sur une longue période, on ne sait pas comparer deux valeurs monétaires : que vaudra X en 2100 ? Les économistes reprennent habituellement la boutade de Keynes : « À long terme, nous serons tous morts. » Mais Jonas nous a habitués à penser que nos petits-enfants, et leur descendance, seraient, eux, vivants, et qu'il fallait en tenir compte. Du fait des conséquences des actions d'une civilisation technologique, le long terme est devenu un problème économique.

Pour comparer X et Y, les économistes recourent au « taux d'actualisation ». Il est en partie comparable au taux d'intérêt que vous avez peut-être contracté pour acheter votre logement. Mais, alors que le taux d'intérêt découle – en simplifiant – du fonctionnement du marché de l'argent, le taux d'actualisation s'applique sur des échéances trop lointaines pour que le marché puisse le déterminer. Il est donc, en fait, choisi de manière, sinon arbitraire, du moins subjective.

Choisir un taux d'actualisation modéré valorise Y, donc l'avenir. C'est ce qu'a fait Stern, en adoptant le taux de 1,4 %, qui rendait très coûteux, traduit en valeur actuelle, les dégâts du changement climatique en 2100 et après. Dès lors, il est économiquement rationnel d'engager aujourd'hui des dépenses de prévention. Inversement, choisir un taux d'actualisation élevé revient à minorer la valeur de Y, c'est-à-dire la valeur de l'avenir. Nul besoin, dès lors, d'engager aujourd'hui des mesures de prévention. Les économistes qui ne jugent pas dramatique la question du changement climatique, comme William Nordhaus, ont adopté le taux de 4,5 %. La différence entre les taux, constate Olivier Godard, « conduit à une différence de un à vingt entre les évaluations respectives faites par Nordhaus et Stern de la valeur actuelle du dommage marginal résultant de l'émission d'une tonne de CO_2 ».

En vérité, il n'y a pas de solution purement économique à la question du coût du long terme : on ne peut fonder le choix que sur un raisonnement éthique. Stern écrit ainsi que « la seule base éthique fondée pour placer une moindre valeur de ce que sera l'utilité pour les générations futures est l'incertitude de savoir si le monde existera ou non, ou si ces générations seront présentes ». C'est logique : si l'espèce humaine ne doit plus exister dans cent ans, il n'y a aucune raison de se priver aujourd'hui... La « probabilité de survie de l'espèce humaine » est d'ailleurs un des paramètres intégrés par Stern dans son calcul du taux d'actualisation. Et l'économiste de conclure : « Si vous n'accordez que très peu d'importance aux générations futures, vous accorderez très peu d'importance au changement climatique. »

À l'inverse, qu'est-ce qui fonde la position de Nordhaus (sur laquelle s'appuient des sceptiques notoires comme le Danois Bjorn Lomborg) ? Sur l'hypothèse que les cent prochaines années verront la croissance se poursuivre au même rythme qu'au XXe siècle. Dès lors, les coûts futurs seront dévalués parce que le monde futur sera plus riche et plus capable de les assumer.

Si l'on suit Stern, il faut engager tout de suite une politique de prévention. Si l'on suit Nordhaus, on peut attendre.

Mais peut-on admettre le postulat que la croissance matérielle va continuer durablement ? Non, pour la raison que voici : l'humanité dispose de moins de ressources écologiques qu'au XXe siècle, le terme de ressources écologiques étant ici entendu comme la capacité de la biosphère à absorber sans se détériorer l'impact de l'activité transformatrice de l'humanité. Les capitalistes parient que la technologie compensera cette perte de capacité. Jusqu'à présent, rien ne justifie ce pari : notre machine économique reste massivement destructrice de la biosphère.

La société peut gagner des milliards

Nous avons examiné la question temporelle sur le long terme, à partir du rapport Stern. Elle se pose d'une autre manière, de façon très pressante, à court terme.

Une grande partie des climatologues pense qu'un réchauffement de la température moyenne du globe supérieur à 2 °C lancerait le système climatique dans un désordre incontrôlable. Le GIEC estime que, pour éviter de franchir ce seuil, il faudrait limiter la concentration de gaz à effet de serre à moins de 550 parties par million (ppm) de CO_2 équivalent (les différents gaz, tels que le méthane, sont rapportés au gaz carbonique par commodité de calcul). Compte tenu de la concentration actuelle de ces gaz dans l'atmosphère, cela suppose que les émissions mondiales atteignent leur sommet dans les deux décennies à venir, avant de décroître nettement. Cette analyse est devenue la politique de l'Europe lors du Conseil de l'Union européenne du 20 décembre 2004.

Concrètement, cela signifie que les pays les plus riches doivent diminuer fortement leurs émissions d'ici à 2050, laissant une marge de croissance aux pays plus pauvres qui stabiliseraient ensuite, eux aussi, leurs émissions. Plus concrètement encore, cette diminution forte pour les pays riches représente une réduction par un « facteur 4 », ou une division par quatre. La France, par exemple, a inscrit cet objectif de réduction de

80 % de ses émissions à l'horizon 2050 dans sa loi sur l'énergie votée en 2005. Cela implique une décroissance des émissions de 3 % par an !

Vous pouvez tourner l'affaire dans tous les sens : réduire les émissions de gaz à effet de serre dès aujourd'hui, compte tenu de l'état des techniques, exige une forte réduction de la consommation d'énergie. Même dans un pays comme la France où l'énergie nucléaire a une place exceptionnellement importante, mais ne couvre que 17 % de la consommation d'énergie finale.

« L'économie d'énergie », pas très « glamour » selon les canons de l'idéologie dominante, est le plus souvent oubliée, ou à peine mentionnée. Certes, dans le système actuel, elle ne paraît pas profitable aux grandes entreprises – qui ont toujours un accès privilégié aux milieux politiques et favorisent la construction de centrales à gaz, nucléaires ou éoliennes. Mais cette voie est en revanche nettement plus avantageuse pour la société, comme on l'a expérimenté après le choc pétrolier de 1973. Un pays comme la France a alors engagé une double politique d'économie d'énergie et de développement du nucléaire. Le ministère de l'Industrie en a tiré le bilan en 1987 : 100 milliards de francs (15 milliards d'euros) investis à cette date dans les économies d'énergie ont permis de réduire de 34 millions de tonnes par an les importations de pétrole, 500 milliards de francs investis dans le nucléaire ont réduit l'importation de 56 millions de tonnes. Cela signifie que les économies d'énergie sont trois fois plus rentables que l'énergie nucléaire. De même, plus récemment, l'Agence internationale de l'énergie a conclu, dans son rapport *World Outlook 2006*, que pour stabiliser en 2030 les émissions de gaz carbonique, les gains d'efficacité énergétique compteront pour 65 % des réductions d'émissions, le nucléaire n'intervenant que pour 10 % et les énergies renouvelables pour 12 %.

Économiser l'énergie, c'est-à-dire en réduire la consommation, signifie que la vie quotidienne des pays développés doit se transformer. Ce n'est pas refuser la technique ; économiser l'énergie appelle des solutions innovantes. Mais cela suppose une affectation modifiée des moyens : s'il est utile d'étudier des technologies qui pourraient être disponibles dans quarante ans, il est beaucoup plus urgent d'investir dans la réduction de la consommation énergétique.

La fin du fétichisme

Le choix est politique. Car il ne sera pas possible d'aller vers une société de sobriété énergétique sans une politique de redistribution. Pour une raison simple : le transport et le chauffage – les deux principaux domaines où réaliser les économies – pèsent proportionnellement plus sur le budget des ménages modestes que sur celui des ménages plus aisés. Et le gaspillage, même s'il est répandu dans toute la société, est le plus prononcé chez les plus riches. Diminuer la consommation d'énergie appelle donc des politiques modulant l'effort financier à fournir selon les classes de revenu et développant des moyens collectifs que le jeu du marché ne pourra seul assurer.

On comprend que l'oligarchie ne veuille pas aller dans cette direction, s'appuyant pour ce point sur l'assentiment d'une large partie de populations habituées à l'énergie peu chère. En apparence, il est plus facile de ne pas changer les régulations sociales et de continuer dans la voie technologique.

Mais en réalité, si elle refuse ce changement, la société devra affronter des difficultés toujours plus grandes : la hausse des prix du pétrole, régulière depuis 2003, et qui n'était encore, en 2008, que modérée, en est une première démonstration, dans des sociétés qui ont misé sur le tout-automobile et sur le tout-camion. La compétition économique dans le secteur énergétique pourrait conduire à un relâchement de la surveillance nucléaire, et à des incidents répétés, voire pire. La multiplication des désordres météorologiques – inondations, sécheresses, incendies – va altérer le confort apparent des pays développés. L'égoïsme continu des pays riches à l'égard des populations pauvres les plus sujettes aux premiers effets du changement climatique va accroître les pressions migratoires, et les tensions sociales dans les pays d'accueil.

« Mais nous changerions, et l'Inde et la Chine continueraient à pomper l'énergie, entraînées par leur croissance vertigineuse, ruinant nos efforts ? À quoi bon ? » On entend cette chanson depuis que les statisticiens ont constaté que la prodigieuse croissance chinoise se traduisait par une non moins spectaculaire émission de gaz carbonique. Mais sa musique est fausse. Même s'ils sont en déclin relatif, l'Amérique du Nord, l'Europe et le Japon restent durablement les maîtres de l'économie mondiale. Il leur appartient de définir un nouveau mode de consommation, parce que leur gaspillage, impulsé par leur oligarchie, définit le modèle à imiter par les autres pays, engagés dans la course ostentatoire décrite par Veblen. Changer ce modèle, c'est changer le profil énergétique de la planète.

Ce sera, d'ailleurs, un soulagement pour les pays émergents qui peinent à trouver un approvisionnement à la mesure de leur soif. Car la course dans laquelle ils sont engagés avec l'Occident n'a pas d'issue. Si la Chine, l'Inde et les autres grands émergents consommaient la même quantité d'énergie par habitant que dans les pays de l'OCDE, la consommation mondiale d'énergie serait trois à cinq fois plus élevée qu'aujourd'hui ! « C'est tout simplement impossible », analyse un expert indépendant, Bernard Laponche.

Résumons : croire que les technologies pourront résoudre le problème écologique, c'est vouloir perpétuer un mode de vie dont l'accumulation des biens de consommation est la justification essentielle et rejeter sur les générations futures la décision inévitable d'arrêter la croissance des émissions de gaz à effet de serre, dans des conditions encore plus dégradées qu'aujourd'hui. À l'inverse, refuser de considérer que les technologies constituent LA solution implique de vouloir transformer la société dans ses fondements comme dans ses objectifs.

Cela suppose de se déprendre de l'idée vieillotte que l'évolution technologique suivrait un cours autonome le long du chemin inexorable du progrès. Bien au contraire, les sociologues de la science montrent que les voies techniques choisies dépendent des interactions avec les sociétés dans lesquelles elles s'intègrent. Il faut en finir avec le « fétichisme technologique », selon la formule du philosophe Andrew Feenberg.

Le choix technologique est essentiellement un choix politique, qui découle d'une conception préalable de l'organisation sociale. « Quelle technologie ? » est une question secondaire. La question primordiale est : « Dans quelle société voulons-nous vivre ? »

Intermède

La bougie, les pierres, et l'éclat des écus

Le hasard me conduisit un jour au Sénat, où un organisateur malicieux m'avait invité à participer à l'un des débats d'une journée de réflexion consacrée aux liens entre environnement et économie. Mon voisin était Guillaume Sarkozy, ex-vice-président du Medef, l'organisation du patronat français. Les divers intervenants – économiste, ancienne ministre, sénateurs et patron – commirent leurs allocutions, puis ce fut mon tour.

Je conclus par ces paroles : « Si l'on veut éviter l'approfondissement de la crise écologique, sur le principe, c'est assez simple : il s'agit collectivement que nous réduisions notre impact sur la biosphère. Réduire l'impact sur la biosphère, c'est à nouveau assez simple, c'est limiter nos consommations matérielles, réduire nos consommations de pétrole, de bois, de zinc, d'or, de fer, de toutes les matières qui transforment notre environnement quotidien. Donc réduire notre consommation matérielle collective, et particulièrement dans les pays les plus riches. Ce n'est pas aux habitants du Niger ou du Guatemala qu'on va demander de réduire leur consommation. C'est au milliard des habitants des sociétés les plus riches, et au sein de ce milliard d'habitants, aux 500-600 millions des classes moyennes. Mais les classes moyennes ne vont pas accepter de choisir d'aller vers une baisse de la

109

consommation matérielle si on continue à rester dans cette structuration profondément inégalitaire de nos sociétés avec une couche assez mince d'hyper-riches, que j'appelle oligarchie, qui accumule revenus et patrimoine au détriment de l'ensemble de la société. Et donc l'enjeu écologique passe par une régulation des relations sociales, par la redistribution des revenus. » Et je proposai de mettre en place le revenu maximal admissible.

C'est sans doute immodestie de dire que j'avais réveillé l'assistance. Toujours est-il que M. Sarkozy, qui m'avait jusqu'alors ignoré, prit la parole d'un ton vif : « Je trouve M. Kempf fort sympathique, mais alors ça fait longtemps que je n'ai pas entendu des choses pareilles. Je n'y crois pas, mais pas une seconde, à ce que vous racontez. Je ne crois pas une seconde qu'on aille motiver les gens, ça serait intéressant de faire un sondage dans la salle, "ça va être vachement bien, demain vous allez vivre moins bien qu'aujourd'hui, est-ce que ça vous intéresse de vous mobiliser pour ça ? Et demain, vous allez retourner à la bougie sans votre téléphone portable." Je n'y crois pas, mais pas une seconde. »

Je répliquai : « J'ai entendu le mot de "bougie". Est-ce qu'on va pouvoir avancer dans les débats sans que, quand on pose des questions qui sont sujettes à discussion, on nous dise qu'on veut revenir à l'âge de pierre ou à la bougie ? Je vais dire clairement les choses : si l'humanité, les sociétés humaines, et ceux qui ont le plus de capacité et de richesse pour le faire ne reprennent pas notre destin par rapport à la crise écologique, nous irons précisément à un état de chaos social qui ne sera peut-être pas celui de l'âge de pierre, mais qui sera extrêmement négatif. Donc, s'il vous plaît, monsieur Sarkozy, employons des arguments sérieux, et ne nous envoyons pas des bougies et des blocs de pierre à la figure. »

M. Sarkozy resta ensuite très calme, on ne l'entendit plus.

Cette anecdote illustre la propension de l'oligarchie à répondre aux questions qui le dérangent par des images éculées. Un autre de ses éminents représentants, Jacques Attali, recourut au même procédé. On l'interrogeait sur les conséquences écologiques qu'aurait la croissance forte qu'il préconise : « La meilleure façon de ne pas polluer, répondit-il, est de revenir à l'âge de pierre. »

Je ne sais si cette réponse est stupide ou méprisante. Notons qu'en ses jeunes années le futur propagandiste de la croissance était un pourfendeur sagace de son totem à venir. Dans un article de la revue *La Nef*, en 1973, le jeune Attali jugeait « prudent » le rapport du Club de Rome, critiquait les modèles de croissance « incapables d'analyser les relations entre la croissance et le bien-être » et expliquait avec lucidité : « Il est un mythe savamment entretenu par les économistes libéraux, selon lequel la croissance réduit l'inégalité. Cet argument permettant de reporter à "plus tard" toute revendication redistributive est une escroquerie intellectuelle sans fondement. »

Il est toujours attristant de voir un homme s'injurier à distance. Aussi M. Attali a-t-il eu l'habileté, dans son *Rapport de la Commission pour la libération de la croissance*, de ne pas parler de redistribution ou d'inégalité – sauf pour dire que « le scandale est dans les injustices plus que dans les inégalités ». Non, M. Attali n'est pas un « escroc intellectuel ». Seulement un des membres de cette génération médiocre passée du marxisme de salon au capitalisme le plus aveugle.

Ne reculant devant aucune épreuve dans l'exploration de la pensée des oligarques, j'allais, un soir de novembre 2007, assister sur les Champs-Élysées au lancement d'un fonds d'investissement dédié aux valeurs d'environnement. La Compagnie financière Edmond de Rothschild conviait les amateurs fortunés à un débat animé par Jean-Marc Sylvestre, entre Luc Ferry et Claude Allègre, sur le thème « L'environnement comme moteur de la croissance ». Ce fut un festival de la pensée.

Le représentant de Rothschild annonça la couleur : « Notre mission est de créer de la valeur financière à long terme. On croit que l'environnement est devenu un thème d'investissement. Il y a une nécessité pour la société de traiter ce problème d'environnement, et la façon de le traiter est la technologie. »

Il passa la parole au journaliste stipendié pour animer la causerie, Jean-Marc Sylvestre. « L'intérêt d'un débat est proportionnel au différentiel de point de vue qu'il y a entre les débatteurs », annonça celui-ci, précisant qu'il ne voyait pas de différence entre Allègre et Ferry : « Bien sûr, l'un est de droite, l'autre est de gauche. Mais est-ce que droite et gauche signifient encore quelque chose aujourd'hui ? » Certes. « La seule différence profonde : vous n'avez pas le même coiffeur. » La salle s'esbaudit.

Le décor ainsi posé, Claude Allègre prit la parole. Il s'insurgea contre le concept de décroissance, « cette idée qui me paraît personnellement horrible, à savoir : nous nous sommes goinfrés, et par conséquent, nos enfants doivent vivre dans la frugalité, ils devront se serrer la ceinture ». Non, proclama-t-il, « il faut que l'écologie soit le moteur de la croissance ». Et de lâcher la clé de l'idéologie dominante : « La bonne voie est : tout ce qui ne rentre pas dans l'économie ne rentre pas dans la marche de la société. »

Ensuite, il lista les problèmes environnementaux : d'abord, l'eau. « Il y a des sécheresses épouvantables, des inondations. Le cycle de l'eau est perturbé et nous avons à nous adapter. La technologie existe : on sait fabriquer des aquifères artificiels. Il faut un programme pour éviter les inondations en France : récurer les fleuves, les désensabler. » Un lien entre cette crise de l'eau et le changement climatique ? Diminuer la consommation, aller vers une autre agriculture ? Ce ne fut pas évoqué. Deuxième problème : l'énergie. Le prix va s'en stabiliser, grâce aux huiles lourdes et aux sables bitumineux. « Vous allez me dire : le CO_2. On a la technologie : la séquestration du gaz carbonique. » Problèmes suivants : les déchets, la biodiversité. « Naturellement, la solution dans ce domaine, c'est les OGM, il n'y a pas d'autre solution. »

Vint le tour de Luc Ferry de gagner son pain. Il s'inquiéta des « passions tristes » qui inspirent l'écologie, rapportant, à titre d'exemple, un dialogue qu'il avait eu avec Susan George, essayiste altermondialiste. « Elle m'a dit : "Lorsque vous allez à Nice et à Marseille, et qu'on voit constamment marqué Lille et Bruxelles, il ne suffit pas de ralentir, il faut faire demi-tour." » Là aussi, commenta Ferry, « il y a une métaphore très profonde, une révolution conservatrice. C'est avec ce modèle-là qu'il faut rompre ». Si l'on comprenait bien, Ferry préférait aller à Lille, même si sa destination était Marseille.

En fait, ce qu'il reprochait à l'écologie, c'était d'entretenir la « passion de la peur ». Or, « quand on était petits, on nous disait que la peur, c'était honteux. Un grand garçon n'a pas peur. Grandir, c'était vaincre les peurs ». Luc est un grand garçon.

Son rêve, pour régler le problème écologique, serait « une institution républicaine réconciliant la République et la science ». Composée « d'élus, de chefs d'entreprise, de scientifiques – des vrais scientifiques, je ne parle pas de ceux qui trustent toujours le discours, les militants sur la climatologie ». On devinait que cette institution excluant les climatologues croyant au changement climatique aurait une utilité incontestable. Cependant, il concluait : « On a besoin de substituer une logique de passion funeste, de mélange de peur et de société médiatique à une logique à la fois républicaine et scientifique. » Quoi ? Je réécoutai plus tard l'enregistrement. Oui, Ferry avait bien dit qu'il voulait substituer ce qu'il dénonce à ce qu'il souhaite. Ce grand garçon a toujours eu du mal à contrôler son inconscient. Ou à parler correctement français.

La discussion se poursuivit, assez peu polémique, on le devine, célébrant la science, la liberté, conspuant les taxes, etc. Au détour d'une dénonciation des altermondialistes, Ferry dit : « Ces gens ne sont pas nos amis, mais ils mettent le doigt sur quelque chose qui est vrai : avec la mondialisation, et notamment avec l'émergence du marché financier, le cours du monde nous échappe très largement. » On imagine combien il avait dû lutter en recevant l'invitation de la Compagnie financière Edmond de Rothschild, avant de venir se jeter dans la gueule du loup. Allègre déclara : « Je m'adresse à des financiers : ce pays a besoin d'une culture du risque. » Ferry – qui, comme son partenaire, a toujours été fonctionnaire – confirma : « Ce n'est pas facile d'enseigner la prise de risque. » La salle était ravie. Jean-Marc Sylvestre conclut : « Nous étions là pour parler du fonds d'investissement dont vous avez assuré le lancement. » Applaudissements. La philosophie et la science saluèrent la finance.

4

La coopération ou le despotisme

Nous voulons vivre dans une société qui suive d'autres règles que le capitalisme : qui veuille le bien commun plutôt que le profit, la coopération plutôt que la compétition, l'écologie plutôt que l'économie.

Dans une société qui pose la prévention de l'effondrement de la biosphère comme but de la politique humaine dans le demi-siècle à venir ; qui affirme que la réalisation de cet objectif suppose la baisse de la consommation matérielle ; qui conclut que cela ne peut être atteint que par la justice sociale.

Alors, comment fait-on ? On pense autrement. On admet que ce que je crois être « moi » est largement une construction psychique conditionnée par mon héritage culturel et monétaire, que « ma liberté » est largement une résultante des interactions sociales, que ce que « je pense » est largement le résultat de ce que j'accepte d'entendre. On inverse le schéma si efficacement implanté depuis trente ans ; en réalité, aujourd'hui, l'individualisme enferme, la solidarité libère.

Une bonne nouvelle : la solidarité rend heureux. Selon un psychologue américain, « la découverte la plus consensuelle de la recherche sur les facteurs de la satisfaction est que le bonheur est déterminé par la profondeur et l'amplitude des liens sociaux ».

Et puis, il faut s'y faire, nous sommes de plus en plus nombreux. En 1900, la planète offrait 8 hectares de terre par personne, en 2005, 2 ; en 2050, vraisemblablement, 1,63. On ne peut plus guère s'isoler, la société – dans son inventivité excitée – s'impose à nous. La solidarité, le sens commun, le partage, la coopération ne sont pas un choix moral, mais une exigence pour l'harmonie personnelle et collective, sauf à vivre en état de conflit permanent.

Le capitalisme, fleur putride

L'urgence ? Concevoir le régime dans lequel nous allons nous retrouver au sortir du capitalisme. Transformer la perspective catastrophique en chance d'avenir. « Le risque écologique est pour l'humanité l'opportunité de se reconnaître, face aux logiques identitaires, une communauté de destin », dit justement Patrick Viveret.

L'adversaire paraissait surpuissant. Il est vermoulu. Sans doute avez-vous déjà entendu parler de la rafflésie, la plus grande fleur du monde. Cette espèce vit en Indonésie, sur l'île de Sumatra. Elle mesure jusqu'à un mètre de diamètre, et répand une odeur de viande pourrissante, dont elle présente aussi l'aspect : elle a adopté cette stratégie pour attirer certaines mouches pollinisatrices, spécialistes des cadavres frais. La fleur ne s'épanouit que très peu de temps, un ou deux jours dans l'année, avant de disparaître. Le capitalisme est ainsi : très grand, très puissant, il n'aura représenté qu'un bref passage de l'aventure humaine, guère plus de deux siècles – deux pour cent de l'histoire ouverte il y a dix millénaires par la révolution néolithique. À l'apogée de son épanouissement, il va s'évanouir.

Il nous faut imaginer sa suite et non pas attendre, hébétés, que, dans le désastre qu'il aura créé, il se transmue en despotisme.

Précisons un point. Le capitalisme a beau jeu de renvoyer sans arrêt les éclaireurs de sa postérité à Staline et à Mao. Personnellement, je n'ai jamais été marxiste. Dans les années formatrices, j'entendais les concepts de lutte de classes, de valeur travail, d'exploitation, d'aliénation – qui restent pertinents –, mais j'aimais trop la liberté et l'on en savait alors assez sur l'Union soviétique pour que je devienne définitivement réfractaire à une théorie qui conduisait à ce résultat. Et puis, des maoïstes aux trotskystes, ils passaient tous à côté de la question écologique, qu'au mieux ils traitaient de « préoccupation petite-bourgeoise ». Sans doute peut-on lire des penseurs qui réutilisent intelligemment aujourd'hui une partie de l'analyse de Marx. Mais il n'y a plus de pensée totale. Pas question de se faire traiter de marxiste par les capitalistes ! S'il faut à tout prix une étiquette, va pour écologiste.

Les alternatives sont déjà là

S'il vous advient d'emprunter le traversier qui joint la ville de Québec à celle de Lévis, observez les photos légendées accrochées aux cloisons des coursives intérieures : elles y racontent une des plus belles histoires de la coopération qui soient. Au début du XXe siècle, les Québécois vivaient sous le joug des Canadiens anglais : ils étaient niés culturellement, économiquement exploités. Les banques ne traitaient qu'avec les milieux d'affaires, et quand les gens ordinaires avaient besoin d'un crédit, ils devaient se tourner vers des usuriers.

117

Un ancien journaliste demeurant à Lévis, Alphonse Desjardins, après avoir étudié l'essor alors vigoureux du mouvement coopératif en Europe, en reprit l'idée que, pour s'affirmer politiquement, il fallait peser économiquement. Chaque ouvrier, chaque paysan, seul, était impuissant. Mais si tous plaçaient les quelques *cents* et dollars qu'ils pouvaient épargner dans une caisse commune, celle-ci pourrait financer des activités et favoriser l'émancipation des Québécois.

Le 6 décembre 1900 naissait ainsi la Caisse populaire de Lévis. « Elle est à la fois une association de personnes et une entreprise, explique son historien. Ses membres s'associent pour mettre en commun leur épargne et former un réservoir de crédit auquel ils pourront recourir en cas de besoin. À la fois propriétaires et usagers, ils l'administrent sur une base démocratique selon la règle "un homme, un vote", peu importe le nombre de parts sociales de chacun. » Le premier jour de dépôt, la caisse récoltait 26,40 $. Ce modeste début n'allait pas empêcher que, surmontant de nombreux obstacles, le réseau des Caisses Desjardins grandisse continûment au long du XXe siècle, aidant à l'affirmation de la personnalité québécoise. Elles constituent aujourd'hui le premier instrument financier de la province, contrôlant 44 % du marché de dépôt.

Si Desjardins est exemplaire, ce n'est pas un cas isolé. Des milliers de structures économiques sont fondées sur la mise en commun des moyens pour le bien commun et non en vue du profit individuel. En Europe, coopératives, mutuelles et associations – regroupées sous le terme d'« économie sociale et solidaire » – pèsent près de 10 % du PIB. Sont-elles restées fidèles à leurs principes ? Pas toujours, tant la pression capitaliste est forte : l'exacerbation de l'individualisme a conduit de nombreux sociétaires à se désintéresser de leurs structures, ou

118

à n'y participer que comme clients, les dirigeants étant de leur côté attirés par les hauts revenus gagnés par leurs pairs de la finance capitaliste. « Le mutualisme se perd dans la course aux profits », titre *L'Expansion*, tandis qu'au Royaume-Uni la plus grande faillite bancaire intervenue lors de la crise ouverte en 2007, Northern Rock, se révèle être une mutuelle qui a abandonné le principe mutualiste pour se transformer en société par actions. Une large partie du mouvement coopératif reste cependant régie selon ses principes fondateurs, formant une base solide pour injecter un nouvel esprit dans le système économique.

Une des formes les plus intéressantes en est le régime de société coopérative de production (Scop) : les salariés-coopérateurs participent sur un pied d'égalité aux décisions et décident collectivement de l'affectation des bénéfices. En Ardèche, dans un repli de montagne qu'ailleurs on qualifierait de désert rural, les trente associés d'Ardelaine produisent pulls et matelas en laine « bio » depuis 1975. À Paris, *Le Temps des cerises* restaure en Scop et dans la bonne humeur les passants de la Butte-aux-Cailles depuis 1976. L'indispensable *Alternatives économiques* injecte une lecture non capitaliste de l'économie – quoique encore imprégnée d'une désuète obsession de la croissance – depuis 1980 : en coopérative, le journal est farouchement indépendant. Dans le Lauragais, les 720 salariés de la Scopelec réparent les lignes téléphoniques en coopération prospère. À Montauban, Elaul monte des armoires électriques – après la faillite de l'entreprise qui les employait, une partie des salariés l'a relancée sous forme coopérative. « Les Scop sont la meilleure garantie contre l'individualisme des patrons comme des salariés, l'hyper-profit et la destruction d'emplois, dit la dirigeante élue d'une Scop de biotechnologie, P.a.r.i.s., à Compiègne. Ce statut est en parfaite adéquation avec une vision moderne de l'entreprise. »

Mille autres formes de vivre autrement, de produire et de consommer sortent des sentiers desséchés du capitalisme. L'« Agriculture soutenue par la communauté » contourne les circuits de grande distribution pour organiser des achats directs de groupes de consommateurs à des agriculteurs non industriels. Lancée au Japon dans les années 1960, reprise aux États-Unis et en Suisse dans les années 1980, elle se répand en Europe – en France, sous le nom d'Associations pour le maintien d'une agriculture paysanne (Amap). Une autre forme en est l'achat de terres en commun pour aider à l'installation de jeunes agriculteurs. Les jardins partagés se multiplient dans les villes. Les paysans s'organisent dans des structures de vente commune, comme Les Producteurs fermiers, à Grandrieu, en Margeride, ou partagent leurs heures dans une banque du travail, comme la coopérative Causse Lozère de Hures-la-Parade. Les « objecteurs de croissance » – adoptant un mode de vie frugal – travaillent moins, gagnent moins et sont heureux. À Carcassonne, la mairie finance le permis de conduire des jeunes en échange de soixante heures de travail social. À Paris, à Lyon, à Toulouse, on partage les vélos. Le covoiturage devient un mot du langage courant. Des particuliers financent un parc éolien dans l'Ille-et-Vilaine et veulent réinvestir les bénéfices dans les économies d'énergie. Le groupe d'épargne solidaire Finansol annonce avoir franchi le seuil d'un milliard d'euros récoltés. Wikipedia est la plus grande encyclopédie mondiale, alimentée par des millions d'internautes suivant un mode participatif non hiérarchique. Linux devient un système d'exploitation des micro-ordinateurs très répandu – c'est un « logiciel libre », qui n'appartient à personne, développé et amélioré par la communauté de ses utilisateurs.

Je m'arrête. Il faudrait plusieurs ouvrages comme celui-ci pour bien raconter cette poussée de sève – petites histoires, grandes entreprises, associations nouvelles, appropriation des technologies… Rien de plus roboratif que d'explorer la multiplicité des pratiques et des expériences qui jaillissent aux quatre coins de la planète. Je n'ai cité que des cas français. On découvre la même floraison dans tout autre pays, sur tous les continents. Nous n'avons pas à inventer le nouveau monde. Il est déjà là, en jachère, comme une terre qui attend de lever pour donner une moisson dorée.

Mais moisson il ne peut y avoir que si toutes les semences germent en coordination. Chacun, chaque groupe, pourrait dans son coin réaliser son bout d'utopie. Il se ferait sans doute plaisir, mais cela ne changerait pas grand-chose au système, puisque sa force découle du fait que les agents adoptent un comportement individualiste. De même que « consommer vert » ne change pas la logique de marchandisation universelle, « cultiver son jardin alternatif » ne menace aucunement le capitalisme, puisque l'essentiel pour lui est que les « agents » soient divisés et agissent sans coordination. Les alternatives pourraient même le renforcer, en palliant l'affaiblissement organisé par les capitalistes des tâches protectrices de l'État, le rendant de ce fait supportable. De surcroît, insérées isolément dans un système fonctionnant selon d'autres critères, elles ne pèsent pas sur la répartition globale des revenus.

Le sociologue Alain Caillé pose bien la question : « Comment rassembler 36 000 initiatives en leur donnant l'impression de bâtir un monde commun ? » L'enjeu n'est pas de lancer des alternatives. Il est de marginaliser le principe de maximisation du profit en plaçant la logique coopérative au cœur du système économique. Ces expériences ne prennent donc un sens que si elles s'inscrivent dans la démarche politique de

121

sortie du capitalisme. De même que la main invisible du marché ne conduit pas la myriade d'individus à l'optimum collectif, aucun esprit caché ne mènera une foison d'initiatives à une société nouvelle. Il y faut une conscience commune, des solidarités de lutte, des relais politiques.

Sortir du capitalisme, pas de l'économie de marché

« Des phénomènes que le capitalisme et son système de valorisation ne permettent pas de traiter, le plus évident est le réchauffement climatique » : c'est un expert qui parle, Pascal Lamy, directeur de l'Organisation mondiale du commerce. Contrairement à l'image qu'il donne de lui-même, le capitalisme est très inefficace dans l'allocation des ressources : les ententes entre grandes corporations biaisent la concurrence, la spéculation financière exagère les tendances de l'offre et de la demande, la corruption détourne une partie considérable des ressources collectives vers des consommations somptuaires. Le résultat en est une crise économique majeure et une crise écologique historique.

Sortir de cette situation suppose une économie qui ne soit plus axée sur le principe de l'accumulation privative des ressources. Ce sera une économie de marché, mais dont le domaine s'arrêtera à la lisière des biens communs essentiels, qui ne seront pas gérés comme marchandises. « Le marché est une institution étonnante, écrit Lester Brown, capable d'attribuer les ressources avec une efficacité qu'aucun organisme de planification centralisé ne peut atteindre. Il équilibre aisément l'offre et la demande et fixe un prix qui reflète facilement la rareté ou l'abondance. Le marché possède cependant une faiblesse fondamentale. Il n'incorpore pas dans les prix les coûts indirects de fourniture des biens et services, il n'évalue pas correctement les services fournis par la nature et ne respecte pas les seuils de production renouvelable des systèmes naturels. Il favorise ainsi le court terme sur le long terme, faisant peu de cas des générations futures. »

L'évolution du système de prix suppose que les indicateurs économiques soient transformés. Le capitalisme en est arrivé à une situation intellectuellement absurde, où il proclame lui-même l'indigence de l'indicateur qu'il utilise pour piloter l'économie – le taux de croissance du produit intérieur brut – tout en continuant imperturbablement à pousser à sa maximisation. La croissance « n'intègre pas les désordres de la mondialisation, les injustices et les gaspillages, le réchauffement climatique, l'épuisement des ressources naturelles », constate ainsi la Commission pour la libération *(sic)* de la croissance française. « La croissance de la production, cependant, est la seule mesure opérationnelle de la richesse et du niveau de vie disponible. » Donc, la Commission veut la porter à 5 % par an !

Vous connaissez l'histoire du poivrot la nuit, sous un réverbère. Un passant arrive : « – Qu'est-ce que vous faites ? – Je, hips, cherche les clés de ma voiture, je les ai fait tomber là-bas. – Mais… pourquoi cherchez-vous ici ? – Beuh, il y a de la lumière. » Les sommités intellectuelles qui nous dirigent suivent la même rationalité dévoyée que le soûlard nocturne. Le problème de notre époque est que ces ivrognes ont le pouvoir.

Mais il nous faut penser au moment où des humains sains d'esprit assumeront les responsabilités. Organiser l'économie selon d'autres indicateurs que le PIB sera leur priorité.

Cela conduira logiquement à la prise en charge collective des domaines qui sont des biens communs et ne peuvent être gérés durablement par la seule initiative privée visant le seul profit. De ce point de vue, l'enjeu de la propriété intellectuelle dans ce qu'André Gorz appelait « l'économie de la connaissance » est central. « L'informatique et Internet minent le règne de la marchandise à sa base, analysait-il. Tout ce qui est traduisible en langage numérique et reproductible, communicable sans frais, tend irrésistiblement à devenir un bien commun, voire un bien commun universel quand il est accessible à tous et utilisable par tous. (…) La lutte engagée entre les "logiciels propriétaires" et les "logiciels libres" a été le coup d'envoi du conflit central de l'époque. Il s'étend et se prolonge dans la lutte contre la marchandisation de richesses premières – la terre, les semences, le génome, les biens culturels, les savoirs et les compétences communs, constitutifs de la culture du quotidien et qui sont les préalables de l'existence d'une société. De la tournure que prendra cette lutte dépend la forme civilisée ou barbare que prendra la sortie du capitalisme. »

La création de marchés régulés pour certains des biens communs planétaires est l'autre enjeu crucial. Contrairement à l'apparence, elle rompt avec le capitalisme par le fait que le bon fonctionnement de ces marchés dépend de l'efficacité du mécanisme de coordination, c'est-à-dire de la puissance publique. Avec cette particularité essentielle que celle-ci sera souvent internationale. Les exemples cardinaux sont ici le marché des émissions de gaz à effet de serre, qu'a commencé à expérimenter l'Union européenne, et le « mécanisme de développement propre » défini par la Convention sur le changement climatique. Il reste à vérifier leur efficacité.

La plus grande partie des biens et services restera dans l'économie de marché. Mais leur prix pourra être modulé conventionnellement afin d'y inclure l'impact environnemental de la consommation et le souci de justice sociale. Ainsi

124

pourra-t-on développer une tarification progressive selon le volume. Par exemple, tout le monde a besoin quotidiennement d'une certaine quantité d'eau. Celle-ci sera fixée à un prix bas. Puis, la quantité suivante – pour plus de douches, par exemple, ou l'arrosage du jardinet – sera davantage facturée. La quantité supplémentaire – pour laver des voitures ou remplir une piscine – encore plus cher. Ce principe de tarification progressive – amorcé en France avec le « bonus-malus » qui renchérit ou allège le prix des automobiles selon leur niveau d'émission de gaz carbonique – pourrait s'appliquer à de nombreuses consommations, notamment dans l'énergie. Il s'agit d'inverser le principe actuel selon lequel plus l'on consomme, moins on paye à l'unité.

D'ailleurs, souvent, on payera pour un service partagé plus que pour un objet possédé : les vélos en libre-service ouvrent la piste, que pourraient suivre les automobiles, les caméras, les tondeuses à gazon… La modernité est dorénavant plus dans l'intelligence de la relation sociale organisée autour de l'objet que dans l'objet lui-même.

Taxer les riches, bien sûr

Il y aura encore des gens très riches. Qui gagneront, disons, trente fois plus que les autres. Moins ou plus, je ne sais pas, le débat démocratique en décidera. Mais cent, deux cents, trois cents fois plus : non ! Aux États-Unis, rappelle un ancien conseiller de Bill Clinton, Robert Reich, « les très hauts revenus étaient taxés dans les années 1950 au taux marginal de… 91 %. Aujourd'hui, les gérants de *hedge funds* (fonds spéculatifs) sont taxés à 15 %. Si leur taux de taxation passait à 40 %, rares sont ceux qui quitteraient les États-Unis ». On pourrait aller plus loin et faire en sorte qu'il n'y ait plus de *hedge funds*. En tout cas, la taxation des très hauts revenus est un préalable pour aller vers la justice, condition de l'harmonie sociale, et rendre à la collectivité – c'est-à-dire au financement d'activités utiles – les sommes qui lui sont volées. La lutte coordonnée des États contre la fraude fiscale et les paradis fiscaux est le complément de cette politique.

Le revenu maximal admissible (RMA) prolongera cette logique. Le débat a été lancé aux Pays-Bas par le ministre des Finances, Wouter Bos, qui voudrait établir un plafond sur les rémunérations des dirigeants de compagnies : « Non seulement elles atteignent un niveau absurdement élevé, a-t-il dit, mais le lien entre revenu et performance est obscur. » On ranimera également une idée lancée en 1995 par une agence de l'ONU : ponctionner le patrimoine des grandes fortunes. La planète compte dix millions de millionnaires. Leur fortune totale est estimée à 40 700 milliards de dollars. Pour atteindre les « objectifs du millénaire », visant à réduire la pauvreté et la faim dans le monde, on estimait en 2005 qu'il faudrait 195 milliards de dollars par an d'ici à 2015. Un prélèvement de 5 % sur le patrimoine des dix millions de millionnaires fournirait la somme idoine.

Le courage de la lenteur

Sobriété, frugalité, suffisance, consommation raisonnable : comment l'appeler ? Des lustres d'endoctrinement publicitaire nous ont convaincus qu'avoir moins revenait à perdre en existence. Pourtant, on s'aperçoit à l'usage que vivre sans congélateur, lave-vaisselle, grille-pain, four à micro-ondes, somnifères, baladeur, quads, etc., est agréable. Sans télévision ? Même !

Tous ces objets mobilisent notre attention, ils veulent qu'on s'occupe d'eux. « Ah, ma batterie est à plat, j'ai encore oublié de charger le portable. Zut, j'ai loupé l'émission de Machin sur la 15, l'autre jour. Mince, ce grille-pain est encore cassé, il faut que j'aille en racheter un. » Se désintoxiquer des choses permet de passer plus de temps avec les gens, ou en soi.

L'âge de pierre ? Allons.

J'ai déjà expliqué pourquoi il fallait réduire la consommation matérielle, je n'y reviens pas. De toute façon, comme l'indique le début de la hausse du prix du pétrole et la crise économique, il y a de très fortes chances que les classes moyennes des pays riches y soient amenées *nolens volens*. Mieux vaut choisir ce changement d'habitudes plutôt que de le subir. Cela suppose que l'on considère l'économie, non comme la recherche d'une maximisation de la production à la poursuite d'une demande inextinguible, mais comme celle d'une adéquation de la demande aux ressources. Cette démarche ouvre des marges de liberté énormes. Lester Brown le dit très bien : « On pose la question : "Combien de personnes la Terre peut-elle supporter ?" J'y réponds en général par une autre question : "À quel niveau de consommation de ressources alimentaires ?" » En effet, le problème alimentaire mondial se pose très différemment selon le niveau de consommation de viande par les humains, puisqu'un kilogramme de viande requiert autant d'effort productif que sept kilogrammes de céréales. Ainsi, quand on demande au président du GIEC, Rajendra Pachauri, comment aller vers une civilisation qui évite le changement climatique, sa première réponse est : « En mangeant moins de viande, au bilan carbone énorme. »

La solution est identique en ce qui concerne l'approvisionnement énergétique, dont on a vu au chapitre précédent à quel point il paraît aux capitalistes un nœud inextricable.

Pourquoi ? Parce que l'immense majorité des experts et décideurs postule une augmentation de la consommation, même dans les pays riches. Dès qu'on raisonne en fonction d'une réduction de la consommation d'énergie, le nœud coulant se desserre.

Comment diminuer la consommation matérielle ? La première idée qui vient à l'esprit est d'améliorer l'efficacité des procédés : on chauffera autant la maison en dépensant moins de calories, on produira autant de moules à gaufres en consommant moins d'électricité. Mais ce progrès est neutralisé par « l'effet rebond » : le gain obtenu par l'amélioration des procédés permet de consommer davantage du bien fabriqué puisque le prix en diminue. C'est ainsi que l'amélioration continue du rendement des appareils de transport a abaissé leur coût et stimulé leur croissance : la consommation d'énergie par les transports dans le monde a augmenté de 46 % entre 1987 et 2004. Cela explique pourquoi il ne faut pas seulement viser l'amélioration de l'efficacité énergétique – qui est une valeur relative –, mais bien l'économie absolue d'énergie.

L'effet rebond ne s'applique pas seulement aux gains d'efficacité énergétique, mais à la baisse individuelle de consommation, comme l'a montré l'économiste Blake Alcott : la baisse de la consommation de biens par certains en abaissera le prix, ce qui facilitera leur consommation par d'autres. Et il en résultera le maintien du niveau global.

Il faut certes rechercher l'efficacité énergétique et la réduction de sa propre consommation matérielle. Ces démarches sont essentielles pour définir le nouveau schéma culturel et démontrer sa viabilité à la société, facilitant ainsi son adoption démocratique. Mais cela ne peut suffire à diminuer la consommation matérielle globale. Il faut à cette fin une politique délibérée. Elle peut suivre trois axes :

– par la réduction des inégalités : l'abaissement de l'hyper-richesse modifie le schéma culturel dominant, dans lequel la rivalité ostentatoire est orientée par la surconsommation des oligarques. Le prestige ne sera plus associé au gaspillage ;

– par le système de prix qui intègre, on l'a vu, l'impact écologique des biens, ou qui ne contrarie pas l'augmentation spontanée du prix des matières premières ;

– par le rationnement : le mot fait peur, mais recouvre une réalité très prosaïque, telle que la limitation de vitesse sur les routes, l'interdiction d'arroser en cas de sécheresse, ou la limite posée aux émissions de gaz à effet de serre par le protocole de Kyoto. Le problème politique du rationnement est d'opérer sa mise en place avant que l'évidence de la crise ne la fasse accepter sans discussion, par voie autoritaire.

La condition essentielle pour rendre compréhensible la baisse de la consommation matérielle – je ne dis pas « rendre acceptable », parce que je pense que cette baisse s'imposera – est que la richesse collective, qui restera extrêmement importante, soit orientée vers des activités socialement utiles et à faible impact écologique.

Par exemple, l'étalement urbain rend indispensable la possession d'une automobile. En France, il est en partie causé par l'inégalité sociale, dont le creusement a conduit les plus riches à investir les centres urbains. Les sociologues observent ainsi que le prix du foncier décroît à mesure que l'on s'éloigne du centre. Au cœur des villes, les cadres supérieurs, autour les cadres moyens, en banlieue les professions intermédiaires et les employés, et enfin, dans le rural, les ouvriers. Faute de moyens de transport en commun, ceux-ci dépendent de leur automobile pour aller au travail, à l'école, et faire les courses. Faire reculer la spéculation foncière – en abaissant le revenu des plus riches – et redensifier les villes, voilà qui limitera le caractère indispensable de la voiture, en raccourcissant les distances et en rentabilisant les transports collectifs. Lutte contre l'inégalité et progrès écologique vont de pair.

Est-il besoin de dire que la réduction du temps de travail est indissociable de l'écologie sociale ? Il ne faut pas produire plus. En revanche, il faut mieux répartir le travail, en favorisant l'activité des jeunes, des seniors, des femmes. Et le temps libéré par le travail permettra aux citoyens de participer aux délibérations politiques autrement qu'en regardant, assommés de fatigue, le journal télévisé du soir.

De même la banalisation du dimanche est-elle à proscrire : il s'agit pour les capitalistes qui la promeuvent de saturer le temps par la consommation, en réduisant le déroulement de la vie à la marchandisation générale. Il nous faut des temps vides ! Et goûter la lenteur. « Une bonne partie de l'oppression contemporaine est une oppression sur le temps, remarque le philosophe Alain Badiou. Nous sommes contraints à un temps découpé, discontinu, dispersé, dans lequel la rapidité est un élément majeur. Ce temps n'est pas le temps du projet, mais de la consommation, du salariat. Le courage pourrait consister à essayer d'imposer une autre temporalité. »

La culture du jardin planétaire

La hausse du prix de l'énergie, en renchérissant les transports, pousse à la « relocalisation » des activités, c'est-à-dire à la production sur place des biens nécessaires plutôt qu'à leur importation. Cela facilitera la reconstitution de sphères d'autonomie, où les individus, les familles, les communautés peuvent satisfaire une part de leurs besoins sans avoir à recourir au marché. Cela diminuera les échanges, donc les pollutions que génère le transport de marchandises, et améliorera l'environnement, les gens prenant généralement soin des ressources dont ils dépendent. De surcroît, que les personnes reprennent la maîtrise créative de leur vie amoindrira la frustration névrotique qui caractérise le capitalisme finissant.

« Ce ne serait pas un "retour à la bougie", analyse Ingmar Granstedt, mais la reconnaissance honnête et courageuse que le refus de la concurrence sans fin et sans frein nous oblige à inventer une nouvelle modernité technologique, ouverte elle aussi à la curiosité scientifique et à l'imagination technique, mais compatible avec la vie dans des territoires à échelle humaine. »

Il s'agit, plus largement, de changer le concept même de développement, pour autant que ce mot ait encore un sens. Dans le schéma dominant, le monde doit suivre le chemin suivi par l'Occident lors de la révolution industrielle au XIXe siècle : amélioration de la productivité agricole, exode rural, prolétariat exploité en ville, hausse de la productivité manufacturière, amélioration générale du niveau de vie. Mais ce schéma ne peut plus fonctionner. Pourquoi ? D'abord, parce que l'Occident disposait de la biosphère pour absorber ses pollutions et lui fournir des matières premières en quantité. Ce n'est plus le cas pour les grands pays du Sud dont la situation écologique va limiter sévèrement l'industrialisation. Pollution de l'air, pollution des eaux, sécheresses, inondations, tempêtes, perte de la biodiversité sont des freins de plus en plus sensibles à l'expansion économique. Ensuite, la productivité agricole ne progresse pas suffisamment dans les pays pauvres. L'exode rural s'effectue bien, mais par appauvrissement généralisé des paysans. Or, la productivité industrielle est déjà tellement élevée que les villes ne parviennent pas à fournir suffisamment de travail aux ruraux qui y affluent.

Ils s'entassent à plus d'un milliard dans les bidonvilles. Troisiè-mement, l'Europe avait pu déverser vers l'Amérique, l'Australie et l'Amérique latine l'excès de sa misère – « Indiens » et abori-gènes en ont payé le prix. On peut douter qu'une telle possibilité existe en ce siècle pour la misère du Sud.

Il faut, là encore, inverser les idées dominantes. L'avenir n'est pas dans l'industrie et la technologie – même si celles-ci resteront bien présentes –, mais dans l'agriculture. Ce n'est d'ailleurs pas un hasard si, alors que le mouvement ouvrier s'est effondré, une des luttes les plus emblématiques de l'époque actuelle se déroule sur la question des organismes génétique-ment modifiés, et est portée largement par des mouvements paysans : il s'agit bien d'empêcher qu'un modèle industriel de mépris de l'environnement, de faible emploi, et d'appro-priation par les brevets des ressources vivantes, s'impose à l'agriculture paysanne.

La reconnaissance du rôle essentiel de l'agriculture s'est enfin faite en 2007, quand la hausse des prix agricoles – en partie provoquée par le développement des agrocarburants – a suscité des émeutes de la faim de Port-au-Prince à Dacca, de Manille à Douala, d'Abidjan à Djakarta. « Il faut aider les petits agriculteurs », ont enfin dit gouvernements et institu-tions internationales – après avoir prêché pendant vingt ans l'ouverture des marchés et le développement industriel. Il reste à traduire dans les actes ces paroles. Et à élaborer les politiques agricoles qui permettront aux agriculteurs de rece-voir des engrais, de trouver des débouchés sur leurs marchés locaux, de partager leurs semences, d'avoir accès aux conseils agronomiques, de revitaliser les savoirs locaux, de dévelop-per l'agroforesterie, etc.

Dans les pays riches également, où l'agriculture industrielle atteint ses limites en rendement pour un impact écologique majeur, une agriculture moderne, respectant l'environnement et créant de l'emploi, est à réinventer.

Vers la paix perpétuelle

La coopération ne doit pas se développer seulement entre les individus et entre les groupes au sein d'une société, mais à l'échelle internationale, et même planétaire. Les nations ont le choix entre la coopération et la rivalité, et il n'y a pas d'argument qui plaide de façon certaine en faveur de l'une ou de l'autre attitude. La rivalité est un mode courant, conduisant fréquemment à la guerre. Mais la crise écologique appelle un changement du jeu traditionnel de la rivalité des nations : car il n'y aura guère de gagnant ou de perdant au déséquilibre des régulations de la biosphère, même si le pétrole de l'Arctique fait rêver les oligarchies russe et canadienne. Au mieux, les pertes ne seront pas égales. Les nations ont donc logiquement intérêt à coopérer. Mais les impacts de la crise écologique seraient plus lourds sur les pays du Sud, et les pays riches pourraient être tentés de chercher à s'adapter, seuls. Paix et guerre ont des chances égales.

Pourtant, jusqu'à présent, l'environnement a plus suscité la coopération que la guerre. Contrairement au lieu commun, la rivalité pour l'accès aux ressources hydriques n'a pas conduit à des « guerres de l'eau », mais au contraire à des coopérations. Des chercheurs de l'université de l'Oregon ont ainsi analysé les 1 831 « interactions » survenues depuis cinquante ans entre les nations pour des questions d'eau. Ils ont constaté qu'elles n'ont conduit qu'à trente-sept conflits violents, dont trente entre Israël et ses voisins. En revanche, pendant la même période, près de 200 traités sur le partage de l'eau ont été signés.

Le choix est ouvert, alors que les difficultés vont grandir : la compétition entre États et la guerre, ou la recherche de l'intérêt planétaire et la coopération. Il est possible que, dans le désordre montant, la tendance criminalo-capitaliste prenne le dessus sur les forces de régulation collective, en s'appuyant sur les nombreuses forces armées dont elle dispose, et en jouant de la peur chez des peuples dans lesquels le ferment répandu par l'esprit nouveau n'aurait pas suffisamment levé. Si l'on ne parvient pas à imposer des logiques coopératives au sein des sociétés, l'évolution autoritaire du capitalisme le poussera à l'agressivité sur le plan international.

Est-il possible d'aller vers la sobriété sans passer par des secousses violentes ? Pouvons-nous éviter que les gouvernements capitalistes imposent une réponse autoritaire en tentant une « relance » aussi dommageable écologiquement qu'inutile ? Je ne sais pas. Face aux sombres perspectives, l'heure des hommes et des femmes de cœur, capables de faire luire les lumières de l'avenir, a sonné.

Références

Page 7 – « Un économiste enthousiaste et chaleureux » : Fourastié, Jean, *Les Trente Glorieuses*, Fayard, collection « Pluriel », 2004 (1ère édition, 1979).

Page 9 – « Il y a deux ans j'écrivais », Kempf, Hervé, *Comment les riches détruisent la planète*, Seuil, 2007, p. 30.

Page 10 – Veblen, Thorstein, *Théorie de la classe de loisir*, Gallimard, 1970.

1. Le capitalisme, inventaire avant disparition

Page 14 – « Angus Maddison a reconstitué » : Maddison, Angus, *L'Économie mondiale. Une perspective millénaire,* OCDE, 2001, p. 371.

Page 14 – « Pour l'ensemble des pays de l'OCDE, le rythme… » : OCDE, *OECD Factbook 2008*, 2008, p. 262.

Page 15 – « Évolution des performances des microprocesseurs » : « Coût du traitement d'un million d'informations, en dollars de 2005 », « source OCDE », *in* : Lefournier, Philippe, « Nos trois révolutions silencieuses », *L'Expansion,* octobre 2007.

Page 15 – « La planète compte un milliard d'ordinateurs » : « PCs In-Use Surpassed 900M in 2005 », *Computer Industry Almanach*, Press release, 22 mai 2006.

Page 16 – « Le groupe dont mon fils Joseph » : myspace.com/lesgoodies, consulté en juin 2008.

Page 16 – Sables bitumineux en Alberta : Koerner, Brendan, « The Trillion-Barrel Tar Pit », *Wired*, juillet 2004.

Page 16 – Productivité dans la sidérurgie à Dunkerque : Jean Sename, communication personnelle, juillet 2008, à partir de données de la DRIRE, de la Chambre de commerce de Dunkerque, et de l'ouvrage de Jean-Marie Perret, *Usinor Dunkerque ou l'Espoir déçu des Flamands*, Westhoek Éditions, 1978.

Page 17 – Productivité des vaches laitières : Vincent Chatellier, économiste à l'INRA, Nantes, communication personnelle, juillet 2008, sur données de l'Institut de l'élevage.

Page 18 – « Total des transactions monétaires… plus d'un million de milliards de dollars » : Précisément 1,155 million de milliards de dollars. Morin, François, *Le Nouveau Mur de l'argent*, Seuil, 2006, p. 48.

Page 19 – « Transactions quotidiennes sur le marché mondial » : Morin, François, *ibidem*, p. 36.

Page 19 – « Dette extérieure des pays en développement » : Millet, Damien, et Toussaint, Éric, *50 questions, 50 réponses sur la dette, le FMI et la Banque mondiale,* CADTM-Syllepse, 2002, p. 49 et 65.

Page 20 – Le taux d'intérêt réel a augmenté aux États-Unis fortement entre 1970 et 1993 : Morin, François, *Le Nouveau Mur de l'argent, op. cit,* p. 41.

Page 21 – « Pour Jean-Hervé Lorenzi » : Lorenzi, Jean-Hervé, « Est-il encore temps d'éviter la dépression mondiale ? », *Le Monde*, 21 mars 2008.

Page 21 – Weber, Max, *L'Éthique protestante et l'Esprit du capitalisme*, Presses Pocket, 1989.

Page 22 – « Pour Alain Cotta, qui est un des premiers » : Cotta, Alain, *Le Capitalisme dans tous ses états,* Fayard, 1991, p. 90 et 106.

Page 22 – « Roberto Saviano, au terme d'une enquête » : Saviano, Roberto, *Gomorra, dans l'empire de la Camorra*, Gallimard, 2007, p. 139 et 140.

Page 23 – « La finance *offshore* permet » : Morin, François, *Le Nouveau Mur de l'argent, op. cit.*, p. 167.

Page 23 – « Selon deux chercheurs de l'université du Massachusetts » : James Boyce, et Léonce Ndikumana, université du Massachusetts à Amherts, cités par : Sindzingre, Alice, « La vulnérabilité financière des pays pauvres », *Le Monde*, 27 mai 2008.

Page 23 – Détournement chez Siemens : « Corruption chez Siemens : le premier prévenu reconnaît l'existence de caisses noires », AFP, 26 mai 2008.

Page 23 – Alstom et Thalès : Bezat, Jean-Michel, « Alstom visé par une enquête sur une affaire de corruption », *Le Monde*, 8 mai 2008 ; Barelli, Paul, « Accusé de corruption, un ancien dirigeant de Thalès dit être un "fusible" », *Le Monde*, 6 juin 2008.

Page 24 – Blanchiment en Espagne : Chambraud, Cécile, « Coup de filet du juge Garzon contre la mafia russe sur la Costa del Sol », *Le Monde*, 18 juin 2008.

Page 24 – Ventes illégales en Lettonie : Truc, Olivier, « Les élites lettones dans la ligne de mire des juges anticorruption », *Le Monde*, 2 mai 2008.

Page 24 – « 23 % des entreprises y ont eu recours » : Heron, Randall, et Lie, Erik, « What fraction of stock option grants to top executives have been backdated or manipulated ? », 1er novembre 2006, http://www.biz.uiowa.edu/faculty/elie/backdating.htm.

Pages 24-25 – Charles Prince, Gary Forsee, Robert Stevens : Anderson, Sarah, « Despites failures, CEOs cash in », IPS, 14 avril 2008.

Page 25 – Patricia Russo : Michel, Anne, « Patricia Russo veut un parachute doré de 6 millions d'euros », *Le Monde*, 22 mai 2008.

Page 25 – « Michael Mukasey s'est publiquement inquiété » : cité par Baudet, Marie-Béatrice, « Les soupçons du ministre de la Justice américain », *Le Monde*, 3 juin 2008.

Page 25 – « L'exemple russe illustre comment » : Maillard (de), Jean, « La criminalité financière dessine le monde de demain », *XXL*, avril 2008.

Page 26 – « La moitié des activités internationales des banques » : Chavagneux, Christian, et Palan, Ronen, *Les Paradis fiscaux*, La Découverte, 2006, p. 17.

Page 27 – L'étude de Carola Frydman et Raven Saks : Frydman, Carola, et Saks, Raven, *Historical Trends in Executive Compensation, 1936-2003*, 2005.

Page 27 – L'étude d'Emmanuel Saez : Saez, Emmanuel, *Striking It Richer : the Evolution of Top Incomes in the United States*, 15 mars 2008.

Page 29 – « Il y aurait en 2050 "2 milliards de riches" » : Cohen, Daniel, *Trois Leçons sur la société post-industrielle*, Seuil, coll. « République des idées », 2006, p. 58.

Page 29 – « James Fulcher l'explique ainsi » : Fulcher, James, *Capitalism*, Oxford University Press, 2004, p. 116.

Page 30 – « Le commerce mondial (…) entre 1979 et 2007 » : « World trade in goods and services (volume) s.a., in billions of 2000 US dollars », OCDE, http://stats.oecd.org/wbos/Index.aspx?querytype=view & queryname = 167, consulté le 12 juillet 2008.

Page 30 – « Les touristes internationaux étaient » : Fulcher, James, *Capitalism*, Oxford University Press, 2004, p. 90.

Page 31 – « Les Chinois adorent la télévision » : Puel, Caroline, « Le nombre de chaînes explose », *Le Point*, 20 décembre 2007.

Page 32 – Rajendra Pachauri : propos recueillis par Christian Losson, *Libération*, 1er avril 2008.

Page 32 – Sudha Mahalingam : communication personnelle, juin 2008.

Page 32 – « La valorisation de l'image » : Yan, Liu, « Parés pour la société de consommation », *Zhongguo Xinwen Zhoukan*, traduit par *Courrier international*, 6 septembre 2007.

Page 32 – « Gary Gardner estime » : Gardner, Gary, « Prosper sustainably, or prove Malthus right », *Los Angeles Times*, 8 mai 2008.

Page 34 – Les méduses en Namibie : Lynam, Christopher, *et al.*, « Jellyfish overtake fish in a heavily fished ecosystem », *Current Biology*, vol. 16, n° 13, 2006.

Page 35 – « La capacité de l'Amazonie » : Cox, Peter, *et al.*, « Increasing risk of Amazonian drought due to decreasing aerosol pollution », *Nature*, 3 mai 2008.

Page 35 – James Hansen en juin 2008 : Hansen, James, « Global warming twenty years later : tipping points near », témoignage devant le Congrès des États-Unis, 23 juin 2008.

Page 35 – « Rajendra Pachauri est en fait à peine » : propos recueillis par Laurence Caramel et Stéphane Foucart, *Le Monde*, 8 juillet 2008.

Page 37 – Article de la commission de stratigraphie : Zalasiewicz, Jan, *et al.*, « Are we now living in the Anthropocene ? », *GSA Today*, vol. 18, n° 2, février 2008.

2. La névrose des marchés

Page 39 – Le passage des landaus aux poussettes a aussi été relevé par : Rey, Olivier, *Une folle solitude. Le fantasme de l'homme auto-construit*, Seuil, 2006.

Page 40 – « Pour cette philosophe du capitalisme » : Rand, Ayn, *La Vertu d'égoïsme*, Les Belles Lettres, 2008, p. 60.

Page 41 – Adam Smith : cité par Postel, Nicolas, « Les approches du marché », *Alternatives économiques*, hors-série n° 77, 3ᵉ trimestre 2008, p. 20.

Page 41 – « Comme l'expose » : Ehrenberg, Alain, « Agir de soi-même », *Esprit*, juillet 2005, p. 201-202.

Page 41 – « Cette dynamique d'émancipation » : Alain Ehrenberg, cité par Testard-Vaillant, Philippe, « Le stress, fléau de la modernité », *Le Journal du CNRS*, septembre 2007.

Page 42 – Margaret Thatcher, « Qui est la société ? » : Propos recueillis par Douglas Keay, « Aids, education and the year 2000 ! », *Woman's Own*, 31 octobre. Voir : www.margaretthatcher.org/speeches/display-document.asp?docid=106689.

Page 42 – « Le capitalisme est l'ordre naturel » : Comant, Bruno, « L'homme révolté », *Le Soir*, 5 février 2008.

Page 42 – À propos de *The Bell Curve* : Roubertoux, Pierre, et Carlier, Michèle, « Le QI est-il héritable ? », *La Recherche*, n° 283, janvier 1996.

Page 42 – Le manifeste dans le *Wall Street Journal* : Gottfredson, Linda, *et al.*, « Mainstream science on intelligence », *Wall Street Journal*, 15 décembre 1994.

Page 43 – « Un livre récent expliquant » : Clark, Gregory, *A Farewell to Alms*, Princeton University Press, recensé par Friedman, Benjamin, « Darwin and the industrial revolution », *International Herald Tribune*, 8 et 9 décembre 2007.

Page 43 – « L'anthropologue Pascale Jamoulle » : Burgi, Noëlle, « Travail, chômage, le temps du mépris », *Le Monde diplomatique*, octobre 2007. Recensant le livre de Jamoulle, Pascale, *Des hommes sur le fil. La construction de l'identité masculine en milieux précaires*, La Découverte, 2005.

Page 43 – « De nouveau, Alain Ehrenberg » : Ehrenberg, Alain, « Agir de soi-même », *Esprit*, juillet 2005, p. 206.

Page 44 – « Il a peut-être péché » : Thami Kabbaj, propos recueillis par C. G., *Le Monde*, 26 avril 2008.

Page 44 – « Et les magistrats d'ordonner » : « Jérôme Kerviel soumis à une expertise psychiatrique », *Le Monde*, 11 mars 2008.

Page 44 – « Les dispositifs de prévention » : Thébaud-Mony, Annie, propos recueillis par Terrier, Nelly, *Le Parisien*, 19 juillet 2007.

Page 45 – « Une image moderne des relations » : Pierre-Yves Verkindt, propos recueillis par Marie-Béatrice Baudet, *Le Monde*, 16 octobre 2007.

Page 45 – « Comme certains le préparent en Allemagne » : Vernet, Daniel, « Le désarroi de la classe moyenne », *Le Monde*, 25 janvier 2008.

Page 45 – Martial Petitjean, syndicaliste : cité par Calinon, Thomas, « On a besoin de comprendre », *Libération*, 18 juillet 2007.

Page 45 – « La division du travail a été poussée » : Dejours, Christophe, « Souffrir au travail », propos recueillis par Stéphane Lauer, *Le Monde*, 22 et 23 juillet 2007.

Page 46 – « La planète est le lieu d'une "bataille" » : Allègre, Claude, *Ma vérité sur la planète*, Plon, collection « Pocket », 2007, p. 177.

Page 46 – « Cette compétition permanente » : Granstedt, Ingmar, *Peut-on sortir de la folle concurrence ?*, La Ligne d'horizon, 2006, p. 26.

Page 47 – « Aux États-Unis, les 4×4, les motos et les quads » : Crié, Hélène, « Le droit des 4×4 à la nature », *Politis*, 24 janvier 2008.

Page 47 – Sunita Narain : communication personnelle, janvier 2007.

Page 48 – « La Nano de Tata » : McDougall, Dan, « Spinning wheels », *The Ecologist*, avril 2007.

Page 48 – « Il en va de même pour des aciéries » : Narain, Sunita, « Remembering Kalinganagar », *Down to Earth,* 31 janvier 2008.

Page 50 – Le texte de Grande-Synthe : *Bienvenue en 2007*, juillet 2007, notes de travail communiquées à l'auteur par Nicolas Lambert.

Page 50 – « La classe ouvrière » : Halimi, Serge, *Le Grand Bond en arrière*, Fayard, 2006, p. 393.

Page 50 – « Avant, la communauté de travail » : Dejours, Christophe, « Souffrir au travail », propos recueillis par Stéphane Lauer, *Le Monde*, 22 et 23 juillet 2007.

Page 50 – « Personne ne s'étonne d'entendre » : Carlos Ghosn, interviewé par Jean-Pierre Elkabbach, Europe 1, jeudi 29 mai 2008.

Page 51 – « Une éolienne de 1 mégawatt » : « L'éolien en chiffres », *Planète éolienne infos*, n° 3, mai 2008.

Page 51 – « 25,7 millions de foyers français » : INSEE.

Page 51 – Consomment 480 terrawattheurres : *Statistiques énergétiques France*, juin 2008, Observatoire de l'énergie.

Page 51 – « Les guides expliquant » : Fondation Nicolas Hulot, *Le Petit Livre vert pour la Terre*, juillet 2007. Vibert, Emmanuelle, et Binet, Hélène, *Être consom'acteur*, Nature et Découvertes, éd. Plume de carotte, 2007. EDF, *E = moins de CO_2*, 2007.

Page 52 – « Les bons gestes pour la planète », « les politiques et les industriels suivront » : Fondation Nicolas Hulot, *Le Petit Livre vert pour la Terre*, juillet 2007, p. 3.

Page 52 – « Un couple sur trois » : Cheysson-Kaplan, Nathalie, « Quand la famille se recompose », *Le Monde*, 24 et 25 février 2008.

Page 52 – « Deux universitaires du Michigan » : Yu, Eunice, et Liu, Jianguo, « Environmental impacts of divorce », *Proceedings of the National Academy of Sciences*, 3 décembre 2007.

Page 53 – « L'action collective pour » : Seabrook, Jeremy, *The No-Nonsense Guide to World Poverty*, New Internationalist, 2007, p. 18.

Page 53 – « La Douma russe a autorisé » : Vatel, Madeleine, « Les grands groupes russes seront bientôt autorisés à lever leur propre armée », *Le Monde*, 6 juillet 2007.

Page 54 – « Leur nombre croît de 8,5 % » : Mongin, Martin, « Alarmante banalisation des vigiles », *Le Monde diplomatique*, janvier 2008.

Page 54 – Contrat État et Bouygues : Bouniot, Sophie, « Le "marché de l'incarcération" est ouvert », *L'Humanité*, 26 février 2008.

Page 54 – « Un secteur d'activité majeur » : Chichizola, Jean, « Le boom persistant du marché de la sécurité », *Le Figaro*, 8 octobre 2007.

Page 54 – La révolte de Hac Sa : Pang, Damon, and agencies, « Macau tries to play cool on shop-rage clash », *The Standard*, 6 décembre 2007.

Page 55 – Patrick Le Lay : cité dans Les Associés d'EIM, *Les Dirigeants face au changement*, Éditions du Huitième Jour, 2004, p. 92.

Page 56 – Chiffre d'affaires publicitaire mondial : 533 milliards de dollars en 2008, selon Aegis Group, communication personnelle, juillet 2008.

Page 56 – Baudrillard, Jean : *Le Système des objets*, Gallimard, collection « Tel », 1978. *La Société de consommation*, Gallimard, collection « Folio », 1996.

Page 57 – Obésité selon l'OMS : www.who.int/mediacentre/factsheets/fs311/en/index.html.

Page 57 – « Environ 17 % des enfants » : www.news-medical.net, « Prevalence of childhood obesity levels off in France », 15 mai 2008.

Page 57 – « Il est par ailleurs établi » : Hastings, Gerard. *et al.*, *The Extent, Nature and Effects of Food Promotion to Children : a Review of the Evidence*, WHO, juillet 2006.

Page 57 – « Se justifie Lagardère Active » : cité par Girard, Laurence, « Les bonbons de la colère », *Le Monde*, 12 mars 2008.

Page 57 – « Des pédopsychiatres s'insurgent » : Delion, Pierre, *et al.*, « Un moratoire pour les bébés téléphages », *Le Monde*, 27 octobre 2008.

Page 58 – « C'est le temps de la corruption générale » : Marx, Karl, *Misère de la philosophie*, cité par Poulin, Richard, *La Mondialisation des industries du sexe*, Imago, p. 104.

Page 58 – « Depuis trente ans » : Poulin, Richard, *La Mondialisation des industries du sexe*, *op. cit.*, p. 69 et 183.

Page 59 – « Dans les pays d'Asie du Sud-Est » : Lim, Lin Lean, *The Sex Sector : the Economic and Social Bases of Prostitution in Southeast Asia*, International Labour Office, Genève, 1998.

Page 59 – Nombre de prostituées aux Pays-Bas : Poulin, Richard, *La Mondialisation des industries du sexe*, *op. cit*, p. 27.

Page 59 – « L'Australie compte pour sa part » : Cusick, Sean, « Brothels Buckle as Aussies Tighten Belts », ninemsn.com, 4 juin 2008.

Page 59 – « En Lettonie » : Le Bourhis, Éric, « La prostitution en Lettonie », *Regards sur l'Est*, 15 mars 2008.

Page 59 – « Le Népal, qui n'avait pas » : « From Treks to Sex », *The Economist*, 26 janvier 2008.

Page 59 – « Un grand nombre de personnes – peut-être un tiers » : Moorehead, Caroline, *The New York Review of Books*, traduit par *Courrier international*, n° 917, 29 mai 2008.

Page 59 – « En Chine, le quotidien cantonais » : Moorehead, Caroline, *The New York Review of Books*, traduit par *Courrier International*, n° 917, 29 mai 2008.

Page 59 – « Dans les pétromonarchies du Golfe » : « Titres de séjour à vendre », *Courrier international*, n° 917, 29 mai 2008.

Page 60 – « comme l'a raconté le journaliste espagnol » : Lopez, Xaquin, *El Pais*, traduit par *Courrier international* sous le titre « Sur la piste des enfants esclaves », n° 900, 31 janvier 2008.

Page 60 – « Le trafic d'organes s'est développé » : Shimazono, Yosuke, « The state of international organ trade », *Bulletin of the World Health Organization*, 1ᵉʳ novembre 2007.

Page 60 – « L'Irak était dans les années 1990 » : Friedlaender, Michael, « The right to sell or buy a kidney : are we failing our patients ? », *The Lancet*, 16 mars 2002.

Page 60 – « La Moldavie est une source » : Codreanu, Irina, *Ziarul de Garda*, traduit sous le titre « Au pays des organes bon marché » par *Courrier international*, n° 900, 31 janvier 2008.

Page 60 – « Une étude approfondie de l'OMS » : Shimazono, Yosuke, « The state of international organ trade », *Bulletin of the World Health Organization*, 1ᵉʳ novembre 2007.

Page 60 – « La Chine a adopté » : Imbert, Louis, « Le "tourisme de transplantation" semble diminuer à travers le monde », *La Croix*, 8 avril 2008. Belghiti, Jacques, « La Chine doit cesser de vendre les organes de ses condamnés à mort », *Le Figaro*, 28 novembre 2007.

Page 60 – « L'Inde a adopté » : Jamwal, Nidhi, « Edge of unreason », *Down to Earth*, 15 mars 2008.

Page 60 – « À Madagascar » : Maury, Pierre, et Rabeherisoa, Andry, « Madagascar, trafic d'enfants », *Alternatives internationales*, novembre 2005.

Page 61 – « En 2007, au Guatemala » : Caroit, Jean-Michel, « Au Guatemala, les autorités tentent de freiner le trafic d'enfants », *Le Monde*, 15 août 2008.

Page 61 – « En Californie, qui a autorisé » : Richard, Emmanuelle, « Des bébés made in USA », *Libération*, 3 et 4 novembre 2007.

Page 61 – « Cette histoire flamande » : Stroobants, Jean-Pierre, « Aux Pays-Bas, le père biologique d'un bébé vendu par sa mère est débouté », *Le Monde*, 31 octobre 2007. Grosjean, Blandine, « Donna, un bébé vendu aux enchères », *Libération*, 7 juin 2005.

Page 62 – « Une technicienne médicale de San Antonio » : citée par Gentleman, Amelia, « India nurtures business of surrogate mother-hood », *New York Times*, 10 mars 2007.

Page 62 – « Dans un pays perclus d'une pauvreté » : « Renting a womb is morally wrong », *The Times of India*, 5 février 2008.

Page 62 – « Une philosophe favorable » : Badinter, Élisabeth, « Rendons la parole aux prostituées », *Le Monde*, 31 juillet 2002.

Page 62 – « Se trouve détenir 10,32 % du capital » : www.boursier .com, « Publicis », consulté le 25 juin 2008.

Page 62 – « En 2000, on estimait que » : Egan, Timothy, « Erotica inc. – A special report : technology sent Wall Street into market for pornography », *New York Times*, 23 octobre 2000.

Page 63 – *Bukake* : Poulin, Richard, *La Mondialisation des industries du sexe*, Imago, p. 113.

Page 63 – « Mais, pour l'écrivain » : Sorente, Isabelle, *Gang Bang, La pornographie, bagne sexuel industriel*, www.lattention.com, 2006.

Page 64 – « Comme l'observe un journaliste » : Normand, Jean-Michel, « Manuel de management sexuel sur Arte », *Le Monde*, 18 juillet 2007.

Page 64 – « Le record de cette pratique » : « New Gangbang Record », www.juicyblog.com/2004/11/25/new_gangbang_record/ ; consulté le 22 juilllet 2008.

Page 64 – « Lors de la Coupe du monde de football » : « Acheter du sexe n'est pas un sport », pétition, 2006. Voir aussi Marcovich, Malka, « Tourisme sportif sexuel et marchandisation du corps des femmes », *in* Dal, Camille, et David, Ronan, *Football, sociologie de la haine*, L'Harmattan, 2006.

Page 65 – « En 2004, Athènes » : Poulin, Richard, *La Mondialisation des industries du sexe*, *op. cit.*, p. 45.

Page 67 – Weir, Peter, *The Truman Show*, 1998, avec Jim Carrey.

Page 68 – « Par exemple, en France, le Parti socialiste » : Le Corre, Mireille, et Vallaud-Belkacem, Najat, et *Forum de la rénovation, Les socialistes et l'individu, Refonder les solidarités, lutter contre les inégalités, émanciper les individus : vers un nouveau contrat social*, 20 janvier 2008, p. 4.

Page 69 – Al Capone : cité dans *Alternatives économiques*, hors-série, *Le Capitalisme*, n° 65, 2005, p. 5.

Page 69 – « La distinction classique qu'avait opérée » : Braudel, Fernand, *La Dynamique du capitalisme*, collection « Champs », Flammarion, 1985.

Page 70 – « L'économiste Karl Polanyi » : Polanyi, Karl, *La Grande Transformation*, Gallimard, 1983, p. 54, 75 et 88.

Page 71 – « Voyez par exemple comment » : Le Corre, Mireille, et Vallaud-Belkacem, Najat, *Forum de la rénovation. Les socialistes et l'individu, Refonder les solidarités, lutter contre les inégalités, émanciper les individus : vers un nouveau contrat social*, p. 23, texte présenté par la commission le 20 janvier 2008.

Page 71 – « Fait songer à ce mot » : Arendt, Hannah, *Les Origines du totalitarisme*, citée par Vassort, Patrick, « Sade et l'esprit du néolibéralisme », *Le Monde diplomatique*, août 2007.

Page 71 – « *Le Parisien* décrit les méthodes » : Deslandes, Mathieu, « Comment les hypermarchés vont vous faire dépenser plus », *Le Parisien*, 14 janvier 2008.

Page 73 – « Le langage est aussi caractéristique » : Leroi-Gourhan, André, *Le Geste et la Parole. Technique et langage*, Albin Michel, 1964, p. 162.

3. Le mirage de la croissance verte

Page 75 – Reportage à Pripyat en 2006. Reportage en Biélorussie en 2003.

Page 79 – Inondation au Blayais : *Rapport sur l'inondation du site du Blayais survenue le 27 décembre 1999*, IRSN, 17 janvier 2000.

Page 79 – « C'est une pure chance » : cité par Ewing, Adam, « Nuclear plant "could have gone into meltdown" », *The Local, Sweden's News in English*, 1er août 2006.

Page 79 – « Celui-ci a commencé à réfléchir » : Comité directeur pour la gestion de la phase post-accidentelle d'un accident nucléaire ou d'une situation d'urgence radiologique, *Synthèse générale*, document de travail, version du 21 novembre 2007. Sur le site : www.asn.fr, consulté le 20 juin 2008.

Page 79 – « Comme l'observe un membre » : cité par Morin, Hervé, « La France se prépare aux conséquences d'un accident de type Tchernobyl sur son sol », *Le Monde*, 21 février 2008.

Page 80 – Malcolm Wicks : entretien avec l'auteur le 24 avril 2008, à Londres, enregistré avec l'accord de M. Wicks.

Page 82 – Rapport destiné à la direction de l'OTAN : Naumann, Klaus, *et al.*, *Towards a Grand Strategy for an Uncertain World*, Noaber Foundation, 2008.

Page 83 – « Des experts indépendants » : Froggatt, Antony, et Schneider, Mycle, *L'État des lieux 2007 de l'industrie nucléaire dans le monde*, Les Verts-Alliance libre européenne au Parlement européen, janvier 2008.

Page 83 – « Nombre net de réacteurs mis en service chaque année » : Commissariat à l'énergie atomique, *Elecnuc. Les centrales nucléaires dans le monde*, 2006, p. 14.

Page 84 – « Relève le *Wall Street Journal* » : Smith, Rebecca, « A high cost to go nuclear », *The Wall Street Journal*, 13 mai 2008.

Page 84 – « L'AIE, qui est pourtant une ardente » : IEA, *Energy Technology Perspectives*, 2008, p. 284.

Page 84 – « Dans un article publié en 2004 » : Verilhac, Yves, « Ces éoliennes qui poussent plus vite que le vent », *Libération*, 10 février 2004.

Page 86 – « Et voici que » : « T. Boone Pickens gets into the Texas Wind », www.treehugger.com, 20 mai 2008.

Page 86 – « On était à mille lieues » : Schumacher, Ernst, *Small is beautiful*, Seuil, collection « Points », 1978.

Page 86 – « Un calcul simple montrait » : Une année compte 24 heures × 365 jours soit 8 760 heures. Le facteur de charge, c'est-à-dire le temps de production opérationnelle d'une éolienne, est de l'ordre de 0,30.

8 760 h × 0,30 × 2 MW = 5 256 MWh = 5 256 000 KWh = 5,2 GWh = 0,0052 TWh.

Une éolienne de 2 MW produit 0,0052 TWh par an.

La consommation d'électricité de la France en 2004 était de 467 TWh, en augmentation de 2,2 % par rapport à 2003.

1 % de cette consommation représente 4,77 TWh. Pour couvrir les 2,2 % d'augmentation en 2004, soit 10,294 TWh, il aurait fallu 1 960 éoliennes de 2 MW (10,2/0,0052).

Page 87 – « On programmait la construction » : Kempf, Hervé, « Énergie et climat : sortir de la frénésie », *Le Monde* du 5 juillet 2006. Commission de régulation de l'énergie, *Rapport d'activité*, juin 2007, p. 84.

Page 87 – « Le constat était le même pour l'Europe, où la consommation » : « Consommation finale d'électricité », Eurostat, http://

epp.eurostat.ec.europa.eu/http://epp.eurostat.ec.europa.eu/, consulté en juin 2008.

Page 87 – « on planifie quarante nouvelles centrales » : E3G, « New EU climate change package fails to tame king coal », 22 janvier 2008.

Page 87 – « l'Allemagne et l'Espagne n'avaient pas vu » : Kempf, Hervé, « Plus d'éoliennes, pas moins de CO_2 », *Le Monde*, 15 février 2008. Fédération environnement durable, *Éolien industriel : un échec en filigrane dans les statistiques européennes*, décembre 2007.

Page 91 – « Une étude publiée fin 2007 sous l'égide » : Parish, F, *et al.*, *Assessment on Peatlands, Biodiversity and Climate Change : Main Report*, Global Environment Centre and Wetlands International, 2007.

Page 91 – « Oxfam estime » : Oxfam International, *Another Inconvenient Truth*, juin 2008.

Page 91 – « Il est revenu à Olivier de Schutter » : « La fin de la nourriture à bas prix », propos recueillis par Philippe Bolopion, *Le Monde*, 3 mai 2008.

Page 92 – Sleipner : reportage en avril 2008.

Page 94 – « l'association écologiste norvégienne Bellona » : Stangeland, Aage, *A Model for the CO_2 Capture Potential*, The Bellona Foundation, 17 août 2006.

Page 97 – « David Schindler a déclenché l'alarme » : Schindler, David, et Donahue, W., « An impending water crisis in Canada's western prairie provinces », *PNAS*, 9 mai, 2006.

Page 99 – « Tous les milieux économiques » : Le Boucher, Éric, « Or vert : l'environnement, un investissement rentable », *Le Monde*, 3 avril 2008.

Page 99 – « L'ex-président Bush exprimait » : discours du 28 septembre 2007, « President Bush participates in major economies meeting on energy security and climate change », US Department of State.

Page 99 – « L'Agence internationale de l'énergie adopte comme hypothèse » : IEA, *Energy Technology Perspectives*, 2008, p. 570.

Page 99 – « Un économiste, Jean-Paul Fitoussi » : Fitoussi, Jean-Paul, « Retour sur l'avenir de nos petits-enfants », *Le Monde*, 12 février 2008.

Page 100 – « Il a été formulé par le philosophe » : Jonas, Hans, *Le Principe responsabilité*, Cerf, 1991 (édition allemande en 1979).

Page 100 – « Le rapport des Nations unies, dit Brundtland » : Brundtland, Gro Harlem (dir.), *Notre avenir à tous*, 1987, ch. 2. En ligne sur : http://fr.wikisource.org.

Page 103 – « La différence entre les taux, constate Olivier Godard » : Godard, Olivier, « L'économie du changement climatique », *Futuribles*, octobre 2007, p. 39.

Page 103 – « Stern écrit ainsi » : Stern, Nicholas, *et al.*, *Stern Review : The Economics of Climate Change*, Her Majesty Treasury, 2006, Part I, p. 45.

Page 103 – « La probabilité de survie » : *ibidem*, p. 47.

Page 103 – « Et l'économiste de conclure » : *ibidem*, p. 48.

Page 103 – « Comme le Danois Bjorn Lomborg : Lomborg, Bjorn, *Cool it*, Knopf, 2007, p. 32 *sq.* Voir aussi : Dyson, Freeman, « The question of global warming », *The New York Review of Books*, 12 juin 2008, commentant le livre de Nordhaus, William, *A Question of Balance*, Yale University Press, 2008.

Page 104 – « Une grande partie des climatologues pense qu'un réchauffement » : *Avoiding Dangerous Climate Change, Report of the International Scientific Steering Committee*, Hadley Centre, 2005.

Page 104 – « Le GIEC estime que, pour éviter » : *Contribution du Groupe de travail III au 4ᵉ Rapport d'évaluation du Groupe d'experts intergouvernemental sur l'évolution du climat*, IPCC, 2007, p. 16.

Page 104 – Conseil européen de 2004 : Conseil de l'Union européenne, 2632ᵉ réunion, Environnement, 20 décembre 2004 (référence : 15962/04 (presse 357)).

Page 104 – « La France a inscrit cet objectif » : loi n° 2005-781 du 13 juillet 2005 de programme fixant les orientations de la politique énergétique, article 2.

Page 105 – « La France où l'énergie nucléaire (…) ne couvre que 17 % de la consommation d'énergie finale » : le nucléaire assure 77 % de la production d'électricité en 2007, et l'électricité représente 23 % de la consommation énergétique finale. Voir : ministère de l'Écologie, Direction générale de l'énergie et des matières premières, Observatoire de l'énergie, *Bilan énergétique de la France pour 2007*, p. 9 et 22.

Page 105 – « Le ministère de l'Industrie en a tiré le bilan en 1987 » : ministère de l'Industrie, des P & T et du Tourisme, Direction générale de l'énergie et des matières premières, Service des énergies renouve-lables et de l'utilisation rationnelle de l'énergie, *Les Économies d'énergie*, 1er septembre 1987.

Page 105 – « A conclu, dans son rapport *World Outlook* » : *World Energy Outlook 2006*, IEA, 2006, p. 192.

Page 107 – « C'est tout simplement impossible » : Laponche, Bernard, *Prospective et Enjeux énergétiques mondiaux. Un nouveau paradigme énergétique*, conférence à Imagine, le futur énergétique de nos cités, 23-24 novembre 2006.

Page 108 – « En finir avec le "fétichisme technologique" » : Feenberg, Andrew, *(Re)penser la technique*, La Découverte, 2004, p. 12.

Intermède

Page 109 – Journée au Sénat : Le rendez-vous des citoyens du Sénat, « Environnement. L'humanité face à elle-même », 24 novembre 2007. Avec M. Sarkozy : table ronde « Vers un nouvel ordre écologique – marché, régulation et économie ».

Page 111 – « La meilleure façon de ne pas polluer » : Attali, Jacques, sur France Inter, répondant à Nicolas Demorand, le 16 octobre 2007.

Page 111 – « Dans un article de la revue *La Nef* » : Attali, Jacques, « Vers quelle théorie économique de la croissance ? », *La Nef*, n° 52, 1973.

Page 111 – « le scandale est dans les injustices » : Attali, Jacques (dir.), *Rapport de la Commission pour la libération de la croissance*, La Documentation française, 2007, p. 27.

Page 111 – Débat de la Compagnie financière Edmond de Rothschild : 28 novembre 2007 au pavillon Gabriel. Lancement des fonds Écosphère World et Écosphère Europe.

4. La coopération ou le despotisme

Page 115 – « Selon un psychologue américain » : Putnam, Robert, *Bowling Alone : The Collapse and Revival of American Community*,

Simon & Schuster, 2001. Cité par Levine, Bruce, « Retrouver le sens de la communauté », *L'Écologiste*, octobre 2007.

Page 116 – « En 1990, la planète offrait » : précisément 7,91 en 1900, 2,02 en 2005 (UNEP, *Global Environment Outlook*, *GEO 4*, 2007, p. 367).

Page 116 – « Le risque écologique est pour l'humanité » : Viveret, Patrick, « Sortons du mur ! », *L'Âge de faire*, janvier 2008.

Page 116 – Sur la rafflésie : Newman, Arnold, *Les Forêts tropicales*, Larousse, 1990, p. 65.

Page 118 – Sur les Caisses Desjardins : Poulin, Pierre, *Desjardins, 100 ans d'histoire*, éditions Multimondes et éditions Dorimène, 2000.

Page 118 – « Contrôlant 44 % du marché de dépôt » : « Caisses Desjardins », http://fr.wikipedia.org, consulté le 2 juillet 2008.

Page 118 – « Pèsent près de 10 % du PIB » : Mayer, Sylvie, et Caldier, Jean-Pierre, *Le Guide de l'économie équitable*, Fondation Gabriel-Péri, 2007, p. 104.

Page 119 – « Titre *L'Expansion* » : Michaux, Marc, « Le mutualisme se perd dans la course aux profits », *L'Expansion*, novembre 2007.

Page 119 – Sur Northern Rock : Pflimlin, Étienne, « Northern Rock : du sociétaire au contribuable », *Le Monde*, 7 février 2008.

Page 119 – « Les 720 salariés de la Scopelec » : Jolivet, Yoran, « Grandir sans trahir », *Politis*, 18 octobre 2007.

Page 119 – « À Montauban, Elaul » : Sanjurjo, Dante, « Scop en stock », *Politis*, 17 mai 2007.

Page 119 – « Ce statut est en parfaite adéquation » : Rafaël, Amélie, propos recueillis par Schmitt, Olivier, *Le Monde 2*, 17 mai 2008.

Page 120 – Sur les « objecteurs de croissance » : Dupont, Gaëlle, « Ils travaillent moins, ils gagnent moins, et ils sont heureux », *Le Monde*, 30 mai 2007. Voir, tous les mois, le journal *La Décroissance*.

Page 120 – « À Carcassonne, la mairie » : « Brèves d'espoir », Reporters d'espoir, *La Grande Époque*, 16 juin 2008.

Page 120 – « Un parc éolien dans l'Ille-et-Vilaine » : Le Duc, Marc, « Les habitants financent leur parc éolien », *Ouest-France*, 12 février 2008.

Page 120 – « Le groupe d'épargne solidaire Finansol annonce » : communiqué de presse, « L'épargne solidaire milliardaire ! », Finansol, 26 juin 2007.

Page 121 – « Le sociologue Alain Caillé » : conversation avec l'auteur le 9 juillet 2007. Voir par ailleurs Caillé, Alain, *Dé-penser l'économique*, La Découverte-MAUSS, 2005.

Page 122 – « C'est un expert qui parle » : Lamy, Pascal, « Nous ne pouvons pas nous satisfaire du capitalisme », propos recueillis par Daniel Fortin et Mathieu Magnaudeix, *Challenges*, 6 décembre 2007.

Page 122 – « Le marché est une institution étonnante » : Brown, Lester, *Le Plan B*, Calman-Lévy, 2007, p. 278.

Page 123 – « La croissance "n'intègre pas les désordres" » : Commission pour la libération de la croissance française, *300 Décisions pour changer la France,* XO Éditions et La Documentation française, 2008, p. 11.

Page 124 – « L'informatique et Internet minent » : Gorz, André, *Ecologica*, Galilée, 2008, p. 37 et 39.

Page 125 – « Les très hauts revenus étaient taxés » : Reich, Robert, « L'Europe va devenir supercapitaliste », propos recueillis par Jean-Marc Vittori, *Les Échos*, 28 janvier 2008.

Page 126 – Wouter Bos : cité dans « Bos calls for limits on top salaries », 4 septembre 2007, http://www.dutchnews.nl/news/archives/2007/09/bos_calls_for_limits_on_top_sa.php.

Page 126 – « Une idée lancée en 1995 par une agence de l'ONU » : Millet, Damien, et Toussaint, Éric, *50 Questions, 50 Réponses sur la dette, le FMI et la Banque mondiale*, 50 questions, CADTM-Syllepse, 2002, p. 213.

Page 126 – « La planète compte dix millions de millionnaires » : *World Wealth Report 2008,* Capgemini et Merrill Lynch, juillet 2008.

Page 126 – « Pour atteindre les "objectifs du millénaire" (…), on estimait » : « Communication de Mme Colette Melot sur la contribution de l'Union européenne au développement », Sénat français, 22 juin 2005, http://www.senat.fr/ue/pac/E2867.html.

Page 127 – « Lester Brown le dit très bien » : Brown, Lester, *Le Plan B*, *op. cit.*, p. 219.

Page 127 – « En mangeant moins de viande » : Rajendra Pachauri, propos recueillis par Christian Losson, *Libération*, 1er avril 2008.

Page 128 – « La consommation d'énergie par les transports dans le monde » : UNEP, *Global Environment Outlook*, *GEO 4*, 2007, p. 46.

Page 128 – « Comme l'a montré l'économiste Blake Alcott » : Alcott, Blake, « The sufficiency strategy : would rich-world frugality lower environmental impact ? », *Ecological Economics*, 2007.

Page 129 – « Les sociologues observent ainsi » : Préteceille, Edmond, « La ségrégation sociale a-t-elle augmenté ? », *Sociétés contemporaines*, n° 62, 2006. Guilluy, Christophe, « Lutte de places », *Vacarme*, n° 42, hiver 2008.

Page 130 – « Il faut mieux répartir le travail » : voir Méda, Dominique, et Muet, Pierre-Alain, « Travailler tous, et mieux », *Le Monde*, 18 juin 2008.

Page 130 – « Une bonne partie de l'oppression contemporaine » : Badiou, Alain, propos recueillis par Moussaoui, Rosa, *L'Humanité*, 6 novembre 2007.

Page 131 – « Ce ne serait pas un "retour à la bougie" » : Granstedt, Ingmar, *Peut-on sortir de la folle concurrence ?*, La Ligne d'horizon, 2006, p. 59.

Page 131 – « Dans le schéma dominant, le monde doit suivre » : Rostow, Walter, *Les Cinq Étapes du développement économique*, Seuil, coll. « Points », 1970.

Page 133 – « Des chercheurs de l'université de l'Oregon » : Wolf, Aaron, *A Long Term View of Water and Security : International Waters, National Issue, and Regional Tensions*, WBGU, 2007.

Table